ELISABETH LANGGÄSSER

PROSERPINA

Eine Kindheitsmythe

KRANICHSTEINER LITERATURVERLAG

Bibliografische Information der Deutschen Nationalbibliothek

Die Deutsche Nationalbibliothek verzeichnet diese Publikation in der Deutschen Nationalbibliografie; detaillierte bibliografische Daten sind im Internet über http://dnb.dnb.de abrufbar.

ISBN 978-3-929265-17-0

Sandbergstraße 36, D-64285 Darmstadt
www.kranichsteiner.de

Titelbild: Beate Koslowski, Nauheim
Druck: Druckerei Lokay, Reinheim
Druckvorlage: „Proserpina" 1949, Claassen & Goverts, Hamburg mit freundlicher Abdruckgenehmigung der Ullstein Buchverlage GmbH, Berlin

Der KLV dankt dem **Darmstädter Förderkreis Kultur e.V.**, Darmstadt, für die großzügige Förderung dieser Ausgabe.

Süßer Reiz der Mitternächte,
Stiller Kreis geheimer Mächte,
Wollust rätselhafter Spiele,
Wir nur kennen euch

Novalis

Die Mutter konnte das Kind nicht nähren, und der guten Jo Milch verschmähte es – aber die es blühen sahen wie eine schlummernde Wolke, die von dem aufgehenden Morgenlicht gerötet wird, fragten sich, ob denn Genien es nachts auf dem Schoße hielten, und ihm das Horn der Himmlischen zu trinken gaben.

Denn das Haus stand an der Römerstraße, und der uralte Boden teilte noch immer die Geschenke der Vorzeit aus, wenn der Landmann mit dem Pfluge darüberging, und weckte der Erinnerungen viele. Man stieß den Spaten in den Schlaf der Legionäre und hob Schild und Harnisch, aber auch die Mischgefäße der Freude, Schale und Becher, an der jungfräulich geschweiften Hüfte empor, reinigte sie von der anhaftenden Erde und verbarg wohl manches Stück in der eigenen Truhe. So gingen jene Schätze aus Dunkel in Dunkel, und es wurde von ihnen wie von gegenwärtigen Göttern geredet.

Ach, wohl ist jede Kinderspeise ein irdisches Ambrosia, und jene Mischung von Milch und Honig, die von allen mit Entzücken genossen wird, hat schon Ceres ihrem Schätzchen bereitet, doch die kleine Proserpina, von der hier berichtet werden soll, empfing weder dies, noch die Gabe der dienstbaren Penaten, sondern trank sich an wolkigen Brüsten, aus denen unaufhörlich ein glühendes Fieber strömte, immer tiefer der Unterwelt zu.

Nun begriffen zwar, die ihre Jugend hüteten, den Purpur der Wangenhöhe und den achatfarbenen Glanz ihrer Augäpfel, aber die Ursache dieser stillen und gegen Abend ansteigenden Feuer vermochte niemand zu ergründen.

Schon im zweiten Lebensjahre gab man das Kind verloren, aber nach weiteren fünf war es gerettet. Vielleicht erwachte es eines Morgens an dem Gesang der Vögel und lag reglos vor Schwäche und Seligkeit, aber es mag auch so gewesen sein, daß eines Abends ein linder Schweiß sich löste, und die vertrauten Gestalten des Hades – rauchende und seltsam geflügelte Fackeln – blieben aus.
Täglich waren sie gekommen, von den dumpfen Wirbeln des Blutes vorher verkündigt, und hatten das Kind ermattet, aber über einen hellen und wie mit Tau besprengten Kreis vermochten sie nicht vorzudringen, sondern brannten sich düster schwelend an ihm nieder.
Oft dachte die Herangewachsene nach, ob dies wohl das heilige Wasser der Frühe gewesen sei, das in dem Namen des orphischen Hirten den Scheitel der jungen Todesbraut berührt hatte, und vor dessen Ausgießung die Dämonen mit zitternder Flamme verharren – aber da sie sich billigerweise sagen mußte, daß es ebensowohl die frischen Kräfte der Natur gewesen sein konnten, die ihr Bereich voll Mut verteidigt hatten, stand sie bald wieder seufzend von dieser Frage ab.
Niemals jedoch versäumte sie es, sich der lieblichen Erscheinung zu erinnern, welche mit großer Regelmäßigkeit das Verlöschen des Fiebers und den Heraufzug der Morgendämmerung anzeigte. Wenn nämlich die feuertragenden Eroten wie die kämpfende Flamme, deren Wachs schon abgeschmolzen ist, sich noch einmal reckten, und die Löwen, welche in dem Fenstervorhang eingewebt waren, mit geöffnetem Rachen in die Höhe sprangen – da, in diesem schrecklichen Augenblick, öffnete sich [nicht anders wie vom Wind bewegt] die Tür, und es traten zwei kleine Knaben herein, die sich an den Händen hielten.
Sie waren blond, von gleicher Größe und Bildung des Körpers und der Gesichtszüge, Zwillinge scheinbar, mit

freundlichem Ausdruck, aber in alter römischer Tracht. Wenn sie lächelten, schob sich ihre Oberlippe leicht in den Winkeln zurück und ließ zwei scharfe, milchweiße Dolche sehen, denen eine winzige Lücke folgte, der sich die übrigen Zähne anschlossen; ihr nackter Hals war säulenförmig rund, die Brust von einem Panzer umschlossen, und auf die anmutigste Weise der Welt spielte über der Beinschiene die feste, glänzende Kniescheibe.

Am Fußende des Lagers angekommen, ließen sie einander los und klatschten in die Hände, eine Bewegung, die – so oft sie sich auch wiederholte – stets etwas Gespenstiges hatte, da sie unhörbar blieb, worauf mit durchdringender Stimme ein ferner Hahn zu krähen begann.

Was nun folgte, läßt sich schwer beschreiben. Schneidende Helle, die ebensogut von der aufgehenden Sonne, wie den durchdringend hohen Tönen des Tagverkünders herrühren konnte, erfüllte plötzlich das Zimmer und verzehrte die beiden Dioskuren; das Krähen ging in einen unendlichen Wirbel von trillernden und rollenden Lauten über, und ungeheurer Jubel, Duft und Wolkentau senkten sich kühlend herab; trat dann die Mutter in der Dämmerung hinzu, so lag das Kind in ersten Schlaf gesunken.

Waren es Apollos Boten, die der Strahlende gesandt hatte, oder wiederholte sich der Kreislauf des Lebens mit jedem Tag? Vielleicht ist hier kein Unterschied zu machen, denn auf gleiche Weise stellt sich ja auch die Sonne dar. Genug, daß die Herrschaft des Lichtes allmählich immer umfassender wurde und die Dunkelheit aufzusaugen begann – wenn schon es nicht die Dunkelheit gewesen ist, die das Licht aus ihrem Schoß entlassen hat.

Je mehr das Kind aber genas, und die sanfte Stille des Krankenzimmers von den offenen Schauplätzen künftigen Lebens abgelöst wurde, desto inniger trauerte sein Herz den göttlichen Gestalten der Vorzeit nach und begann, sie

in Schattenreichen zu suchen, wie jener Sänger einst Eurydike; ja, es fing an, ihnen einen Kult zu bereiten, der ebenso entsetzlich wie süß und kindisch war.
Es würden aber, die ihn gesehen hätten, schaudernd gesagt haben, dies sei der Kult des Pluto und der Proserpina …

In dem rheinischen Hügelland, dessen eintönige und unbewaldete Bodenwellen nach Südwesten in die pfälzischen Berge zu münden beginnen, hat sich dies alles zugetragen. Vielleicht ist es durchaus gleichgültig zu wissen, an welcher dieser weißen, von unschuldigen Apfelbäumen eingefaßten Straßen der Schauplatz jener Dinge gewesen ist; denn sie alle laufen über magisches Land, aber es sei noch hinzugefügt, daß der Name des Ortes auf eine keltische Siedelung schließen läßt, die später von den Lateinern kolonisiert wurde, mithin eine Schichtung merkwürdiger und bedeutender Rassen darstellt, die in der Hunnenzeit, dem Mittelalter und schließlich in den Tagen Bonapartes, kräftige und weitere Überhöhung erfahren hat.

Einer Baumschule gegenüber, außerhalb der eigentlichen Stadt und gerade in jenem Winkel, wo der Weg sich anschickt, in leichtem Bogen den nächsten Hügel hinaufzusteigen, dessen Höhe die Irrenanstalt des Landes trägt, lag das elterliche Haus. Zu der Zeit, welche für diese Erzählung wichtig ist, wurde noch gebaut an dieser Burg der Wahnsinnigen, deren stolze Abgeschiedenheit die satte Vernunft der talbewohnenden Bürger zu verhöhnen scheint; aber als das Schicksal des Kindes sich vollendet hatte, wanderten in langen und schrecklichen Zügen die Irren den Berg hinunter und begleiteten mit monotonen Gesängen den schwarz einfallenden Sommer.

Wie die meisten Häuser im Umkreis der Stadt, hatte das väterliche Besitztum einen schönen, schattenreichen Garten, dessen nützlicher Teil, Gemüse- und Bleichplätze,

in die maisbepflanzten Felder überging, während die Vorderseite des Gebäudes sich mit der Terrasse in die eigentlichen Blumenbeete und Rabatten hinauslehnte, wie eine helle und strahlende Frau, die ihre Arme vor sich hin auf das Fensterbord gelegt.
Vielleicht, um einen Ausgleich zu schaffen für die mangelnden Reize der Natur, hatte man diesen Ziergarten mit allen Vorzügen zu überhäufen versucht, welche die getrennten Kontinente zu verschiedenen Zeiten hervorgebracht haben, und dies auf eine rührende und fabelhafte Art: da waren Grottensteine mit Moosen, japanische Bäume, nordische Fichten, südliche Mandeln, Springbrunnen und heimische Veilchenbeete – kurzum, ein wahres Paradies für Tritonen und Dryaden, wenn sie sich hätten einfallen lassen, ihre busch- und stromreichen Haine zu veröden und im Schattenreich der Phantasie Wohnung zu nehmen. Denn wirklich: ein solches versteinerte hier unter kälterem Himmel, und seine Elemente müssen es gewesen sein, die das Kind aufs neue hinunterzogen in jenen Kelch, der von Honig und Samen quillt.
Dazu kam, daß die durch langes Krankenlager dem gewöhnlichen Leben Entzogene bereits die glühenden Sinnbilder aller Dinge kannte, ehe sie ihr noch in Wirklichkeit begegnet waren, mithin schon um das Geheimnis und die Schwermut des Sichtbaren wußte und die zaubrische Entfesselung der Nymphe suchte, wo immer sie einen Teil der wirkenden Natur empfing.

So war inzwischen nach langen, gefahrvollen Jahren, welche für das umdüsterte Haus die Bedeutung eines Wechsels schon fast verloren hatten, mit der strahlenden Lautlosigkeit des Wunders der erste Frühling herangekommen, der das Kind ihm selbst und seinen Werken ähnlich fand.

Gern hätten die beschenkten Eltern ihre Freude an jenen Tagen, die, gleich der wachsenden Wärme und Seligkeit der Monde, ihnen als unverhoffte Gabe des Himmels zugefallen war, mit dem eleusischen Feste des Lebens vereinigt und die Wiedergeborene unter das schäumende Grün und die aufgebrochenen Blüten hinausgetragen – weil aber in dieser Gegend die Niederschläge häufiger und die Schwankungen der aufeinanderfolgenden Stunden heftiger sind, als es dem ungefestigten Zustand einer Genesenden günstig ist, verschob man, in der Gewißheit kommender Freuden, den erwünschten Augenblick von Woche zu Woche und tröstete sich damit, daß in dieser glücklichen Zeit keine Blume verblühte, die nicht von einer schöneren abgelöst wurde.

Während sich nun die Erwachsenen auf ihre Weise geduldeten, drängte jedoch das Mädchen – wie um den besten Teil seines Lebens verkürzt – um so heftiger nach der ersehnten Freiheit, und wirklich brachte, unvermittelter als zu erwarten stand, ein beliebiger Nachmittag die Stunde der Erfüllung, obwohl in der Nacht vorher lauer und langanhaltender Regen niedergegangen war.

Dieser Umstand ist allen Beteiligten durch ein sonderbares kleines Begebnis im Gedächtnis haften geblieben.

Als der Vater nämlich an dem dampfenden Morgen durch den Garten ging, um sich nach dem ziemlich weit entfernten Amte zu begeben, wo eingelaufene Berichte über Straßen- und Gemeindebauten seiner warteten, hob er mit schon entrückten Gedanken eine zierliche, schwarz- und gelbspiralige Schnecke auf, die der Regen hervorgelockt hatte, und ließ sie achtlos in seine Tasche gleiten. Vielleicht durch eine scherzhafte Ideenverbindung gemahnt, kehrte er jedoch an der Pforte wieder um, und mit der Wichtigkeit, welche spätverheiratete Männer in Haushaltungsdingen an den Tag legen, erinnerte er seine Frau daran, daß es Zeit sei, bei einer älteren, einsiedlerisch hausenden Dame jene regelmäßige Bestellungen auf Frühkirschen zu machen, welche aufzugeben man niemals unterließ, da man in dem Nutzgarten vorwiegend Spalierobst pflanzte, jedoch nach dem Gebrauch der schwelgerisch lebenden Zeit den Genuß auch nur einer einzigen Frucht nicht gern entbehren mochte. Um sein kleines Mädchen zu erfreuen und gleichzeitig eine leise Verlegenheit, die ihn unter den lächelnden Augen der Hausfrau befallen hatte, zu verbergen, holte er sodann mit vorsichtigen Fingern jene Schnecke hervor und trug sie in das Schlafzimmer, wo er seinen Fund mit liebenswürdiger Anmut auf dem Bettchen niedersetzte.

Das Kind, an die kleinen Abschlagzahlungen der Natur schon gewöhnt und nach ihrer Fülle verlangend, wollte mit enttäuschter Gebärde das Spielzeug von sich schieben, als sein Blick auf die langsam sich entstülpenden Hörner der Schnecke fiel und voll Entzücken die vorsichtig tastende Bewegung des Tierchens verfolgte.

Mag sein, daß dieses zitternde Hervorkommen aus Dunkelheit in Helle es durch die Ähnlichkeit mit seinem eigenen Schicksal tiefer berührte als es selber wußte, denn sobald der Vater nach einigen belehrenden Worten endgültig gegangen war, versank die Staunende vollkommen und mit einer Art süßer Bewußtlosigkeit in der Betrachtung des scheuen Lebewesens, wie es denn überhaupt kein Wissen um lebendige und tote Dinge seiner Umgebung bei diesem Mädchen gab, das es nicht durch die Kraft der Versenkung gewonnen hätte.

Was jedoch seine Blicke besonders fesselte, war jener Umstand, daß die Hörner der Schnecke sich nicht nur vor der leisesten Berührung, sondern schon bei bloßer Annäherung, ja fast dem Gedanken daran, zurückzogen, und diese übersinnliche Witterung, welche das feuchte Tier einer Geisterriecherin im nassen Kirchhofsgras vergleichbar machte, übte eine unbegreifliche Anziehung auf die weitgeöffnete Seele des Kindes aus. Stärker als je zuvor, fühlte es das tumultuarische, aber unhörbare Leben der Natur, die vielgestaltigen Erscheinungen, die aus dem Erdschoß kamen, und die wimmelnde Fülle der kleinen und allerkleinsten Tiere, welche wie aus Lehm und Wasser gebacken scheinen; es ahnte, daß sein Schicksal einen mächtigen und unbegreiflichen Zusammenhang hatte, mit allem, was hier webte, und so kam es, daß die langgeübte Bitte an seine Umgebung einen Ernst der Bereitschaft erhielt, dem nachzugeben, man nicht mehr zögern durfte.

Vor wenigen Tagen war aber unter dem Fenster des Schlafzimmers Sand angefahren worden, und das leise Ausrauschen der Masse, die Schaufelwürfe und späterhin das Geräusch des Rechens auf den Gartenwegen hatten das Kind einen Vormittag lang unterhalten. Nun mußte wohl der nächtliche Regen den Sand aufgewühlt und aus ihm die Erinnerung an das uralte Meer, das einst diesen Boden bedeckt hatte, hervorgelockt haben, denn überall lagen die kleinen Seemuscheln, welche die Kinder der Gegend zu sammeln pflegen, winzige Versteinerungen und Ammonshörner offen unter dem Himmel – und so geschah es, daß an dem erwähnten Tag der Garten einen eigentümlich verstörten und großartigen Eindruck machte, der durch die Häufung seiner fremden und üppigen Flora noch verstärkt wurde.

Als man das Mädchen daher zum erstenmal wieder ins Freie entließ, sorgsam geleitet von einem jungen Gärtner, dessen dunkles Haupt oft an den niedrigen Scheiben des Schlafzimmers wie Pan selber vorübergewandert war, und der langsam Erzitternden die Namen der Gewächse, Steine und Vögel nannte, fing sie, zuerst verhalten, dann immer lauter schluchzend, strömend und trostlos zu weinen an, warf sich klagend zur Erde und wurde von dem Erschrockenen bestürzt und eilig in das Haus zurückgetragen, wo noch in hellen Gläsern die abgeschnittenen

Tulpen standen, und eine kleine, lichtblaue Hyazinthe den unsinnig süßen Duft des Frühlings verbreitete.
Weil niemand die Ursache dieser stürmischen Tränen fähig war zu erforschen, schob man endlich den tiefen Kummer des Kindes – denn ihn als Laune auszudeuten, verbot seine schmerzliche Dauer – auf die Schwäche des langsam genesenden Körpers und begnügte sich damit, dem blassen Mädchen jenen Teil der Natur in das Zimmer zu tragen, der, weil er oberirdisch ist, den Schrecken der Tiefe verloren hat: Blüten und Früchte.
Doch nicht wie sonst nahm sie mit dankbarem Lächeln das Gebotene entgegen, sondern wandte, wie im Innersten beunruhigt, den großen Blick von ihnen hinweg nach der Wand.
Wer der Richtung dieser sanften und zugleich aufgeschreckten Augen folgte, konnte hier die meisterlich ausgeführte Nachbildung eines Raffael hängen sehen, die das kleine Mädchen schon immer auf das innigste geliebt hatte. Sie stellte den Jesusknaben dar, wie er, vom Knie der Mutter gleitend, aus der Hand des Spielgefährten einen bunten Stieglitz empfängt, und bedeutete mehr für das Kind als einen ersten künstlerischen Eindruck.
War es das einfache Walten des Lebens, das auf dem Schoß der Mutter Mensch und Natur in ungestörter Seligkeit vereinigt hatte, welches die Schauende ergriff, oder irgendein tiefes Geheimnis, das zwischen ihnen webte und sich gerade jetzt zu entschleiern begann? Wie dem gewesen sein mag: an der Freude der blauroten Farben, dem Einklang der Figuren atmete die junge Brust wieder auf und schloß sich seufzend über der jähen Erkenntnis, die sie betroffen hatte.
Es war ihr etwas begegnet, sie wußte keinen Namen dafür. Inmitten dieser kleinen, dieser schauervollen Gehölze, unter Zypressen und Tannen hatte es sie getroffen und sie so tief zu erschrecken vermocht, weil es schon das

Vertraute ihrer Fiebernächte gewesen und ihr nun selbst zum Führer geworden war an die Stätte, wo es gleich Hekate hauste und beschworen werden konnte.

Zur Ruhe gebracht, hatte die leise Fiebernde vor Mitternacht einen entsetzlichen Traum. In dem schwarzen, fensterlosen Raum der Angst, dessen Ausgänge im Norden und Süden von schwer herabfallenden Samtvorhängen verschlossen waren, tastete sie an der Wand entlang und griff in dunkelrote Falten. Sie öffneten sich, und herein trat eine Frau, von eigenem Licht umdünstet, das Haupt umschlossen von der Mauerkrone, und richtete ihre pupillenlos blassen Augen grausam und gleichgültig auf das erstarrende Kind. Ihr Antlitz war schön, und indem es die Erschrockene betrachtete, schien es bald der Jungfrau auf dem Bilde, bald der eigenen Mutter zu gleichen.

Von dieser Ähnlichkeit aufs schmerzlichste betroffen, ging die Hilflose mit vorsichtigen Schritten, die Augen wie gebannt auf die Erscheinung gerichtet, zurück und wandte sich erst, als diese langsam zu zerfließen begann, dem gegenüberliegenden Ausgang zu.

Es ist unmöglich, die Todesangst nachzufühlen, welche die Träumende überkam, als auch dieser Vorhang sich bewegte, und ihr aufs neue das Weib entgegentrat. Es lächelte jetzt und dieses Lächeln der Tiefe war so medusisch, daß kein Mensch es zu ertragen vermochte. Mit einem langgezogenen Schrei erwachte das Kind und saß, an allen Gliedern zitternd, in seinem Gitterbettchen, während gleichzeitig die Tür geöffnet wurde, und ein tröstlicher Lichtstreif in das Zimmer fiel.

Niemals später hätte das Mädchen zu sagen vermocht, warum es, als jetzt die Mutter besorgt und traurig hereintrat, die Augen wieder schloß und den Anschein einer Schlummernden zu erwecken suchte, niemals auch jene unerklärliche Mischung von Sehnsucht, Angst und Grauen sich eingestehen mögen, die es in diesem Augenblick bewog, die Liebevolle zu täuschen. Bald hörte es, wie der Schritt sich entfernte, die Tür aber angelehnt und ein unterbrochenes Gespräch mit gedämpfter Stimme wieder aufgenommen wurde. Deutlich unterschied es den singenden Tonfall des Kindermädchens und die schönen runden Laute der Mutter, einzelne Sätze drangen abgerissen und zusammenhanglos zu ihm hinüber, das nach alter Gewohnheit auf den Knien saß und die Glut der Schläfen an den Eisenstäben zu lindern suchte.

Mit dem geschärften Ohr eines kranken und verwöhnten Kindes, das um jeden Schritt der Eltern weiß und über seine Jahre hinaus verständig ist, hörte die Überwache, daß es sich um den schon erwähnten Besuch bei jener alten Dame handelte, deren wunderliche Person dem Vater, als er die Gartenschnecke aufhob, in den Sinn gekommen war. Es mag sein, daß die Hausfrau an diesem Abend noch einige Anweisungen über das Abholen der am frühen Morgen erfolgten Bestellung geben wollte, und darüber unmerklich ins Plaudern geraten war, denn es gingen über die Obstzüchterin und ihr Besitztum – väterliches Erbe, das auf dem Grundstück des alten Schlosses lag – die sonderbarsten Gerüchte um, welche zwar niemals deutlich ausgesprochen wurden, aber gerade dadurch den erhöhten Reiz des Schauerlichen erhielten.

Sehr lange nachher erfuhr das Kind erst, daß solche Reden sich auf ihre Gabe bezogen, Tote zu schauen und mit den Seelen vertrauten Umgang zu pflegen; denn niemals hätte die Mutter, eine nüchtern maßvolle Frau, es geduldet, daß in Gegenwart der Dienstboten ein Wort über diese Dinge gefallen wäre.

Ob es nun die Mitternachtsstunde war, welche derartige Gespräche zu begünstigen pflegt, oder die nachwirkende Erregung über den bedenklichen Zustand des kranken

Kindes, die sie heute von ihrer Gewohnheit abzugehen bewog – ebenso gleichgültig wie dieser äußere Anlaß, so folgenschwer war das kommende Geschehen, das sich daran knüpfte. Plötzlich nämlich, während mit begierigen Ohren das Kind die unverständlichen Worte der Mutter einzusaugen versuchte, immer wieder um ihren Sinn betrogen durch die verhaltenen Zwischenrufe des Mädchens, drang vollkommen klar und deutlich, – so wie Menschen zu sprechen pflegen, die gleichzeitig das Gesagte noch einmal überdenken – jener Satz zu ihr herüber, der ihre nächste Zukunft bestimmen und ihr die unausweichliche Richtung nach der Pforte des Hades geben sollte: »Sie sagt, die Erde dampft noch von den Geistern.«
Unmöglich anzunehmen, diese Worte hätten das Kind natürlicherweise erschrecken müssen, denn es wurde von Geistern niemals im Sinne der Gespenster, sondern immer nur in freundlichen Zusammenhängen geredet, so daß also eine beunruhigende Gedankenverbindung nicht aufkommen konnte – aber wie, wenn ein Magnet unter ein dünnes Blatt Papier, auf dem Eisenteilchen zerstreut sind, gehalten wird, so ordneten sich mit einem Male schlagartig die Erlebnisse des verflossenen Tages, wobei es nicht einmal der wörtliche Inhalt war, sondern vielmehr die magische Anmutung dieser Töne gewesen sein mochte, die plötzlich alles enthüllte.
Daß die Erde von etwas Unaussprechlichem dampfe, hatte sie selbst gefühlt und vor ihm in jenes vertraute, warme und gefahrlose Reich entfliehen wollen, das am Anfang jedes menschlichen Lebens steht: in das Reich der Mutter. Aber ach, weil die Muttergöttinnen alle zugleich Herrscherinnen der Unterwelt sind, so konnte jene Flucht vor dem schrecklich enthüllten Rätsel des Schoßes nur ein Sturz von Tiefe zu Tiefe sein, und die ihr auf dem Grunde des Traumbilds entgegendämmerte, war beides in Einem: Maria und Hekate, Freude und Grauen, Ursprung und

Ende. Sie war die Erde selbst, und darum kam ihr auch, uraltem Babylon, die Mauerkrone zu, die von dem üppigen Asien auf wandelnden Türmen und Totenhäusern nach dem Westen getragen worden und dem Kinde aus einer römischen Bildersammlung des Vaters als das Symbol der Herrscherstädte bekannt war.

Niemand vermochte es damals dem umschatteten Liebling zu sagen, daß die Jungfrau auf der Mondsichel keine größere Feindin kennt als jene schöne Herrin der Wollust, welche unter vielfachen Namen Gärten pflanzte und den Fluch ummauerte, unter welchem die Menschen seufzen, seit um der ersten Mutter willen Feindschaft gesetzt wurde zwischen dem Samen des Lichtes und dem Samen der Nacht – und daß, gleichwie zweimal die Erde befruchtet wurde von Fürsten in Schlangengestalt: Proserpina nämlich, als sie den Zeus, Golgatha aber die Erfüllung des ehernen Zeichens empfing [jene zur Knechtschaft, dieses aber zur Erlösung], so auch der Schoß der Magd ein anderer ist als der Schoß der Freien.

Nun schmolz der Himmel einer Kindheit sich wie in kämpfenden Gewittern am Horizonte nieder, die obst- und rebenreichen Hügel der heimatlichen Landschaft spalteten sich unter Beben, verborgene Weissagung raunend, und fortab ging die Träumende am Ufer schwarzer Ströme, während unendlicher Regen auf kleine eingesunkene Gräber herniederrauschte, die ein trauernder Mädchenengel mit aufgestützter Wange hütete.

Es folgten nun kurze, doch bedeutsame Wochen völliger Verborgenheit für das Kind, welche um so gefährlicher war, als sie den heftigen und übereilten Aufbruch der ersten Erkenntnis, deren wilder Schößling in der Beschränkung des gewöhnlichen Lebens vielleicht abgestorben wäre, wie ein Treibhaus begünstigte und der nachtwandlerischen Phantasie Gelegenheit gab, Stufen und Grade eines Kultes auszubilden, dessen schreckliche Einförmigkeit auf nichts anderes ausging als auf die Beschwörung des Todes.

Da man nämlich einer Wiederholung dieses ersten und so unbegreiflich verstörten Ausganges nur mit Besorgnis entgegensah, zögerten die Eltern lange, dem Kinde jenen völligen Genuß der Freiheit zu gewähren, den die kräftig fortschreitende Genesung des Körpers wohl verstattet hätte, und hielten es mit zärtlichen Verlockungen aller Art in dem Zimmer zurück.

Um die liebevolle Ungerechtigkeit auszugleichen, welche in dieser Haltung lag, überschüttete man die seltsame Kleine mit Geschenken, und es zeigte sich an des Kindes leisem Ablehnen oder Annehmen, das sich niemals auf den Genuß dieser Dinge, sondern auf ihr bloßes Dasein bezog, daß sie ihr um so gemäßer erschienen, je weiter ihr Ursprung entfernt, ihre Sage verdunkelt war.

Dieser bewußtlosen, aber ungemein sicheren Auswahl zufolge, ruhte bald eine strahlende Orange, deren Rundung zu umfassen tröstlich war, in der schwachen Hand des Mädchens, bald dufteten fette Datteln aus grellbemalten Schachteln und standen in Blumenscherben, worein man ihre Kerne gesenkt hatte, wieder auf; zerrissene Feigen ergossen ihr körniges Innere; saftstrotzender Ananas mächtige Fibern erglänzten wie goldhelle Speichen und rollten am Wagen des pfälzischen Bacchus ihr heiteres südliches Rad.

Welch feierliche Beschäftigung für das versunkene Kind, die verschiedenen Früchte ihrer Farbe, Schwere und Bedeutung nach auf Schalen, in Töpfen oder selbst zerbrochenen Scherben anzuordnen – wie denn auch die Herangewachsene niemals den Eindruck vergessen hat, den ihr ein Mandelkern machte, welcher auf einem grünglasierten Schälchen lag, dessen Rand leicht aufgebogen und mit einer schwimmenden Liane verziert war.

Von dieser Liebhaberei unterrichtet, versäumte es der Vater selten, ihr bei der Rückkehr aus der Stadt eine jener erwünschten kleinen Formen mitzubringen, die aus dem Feuerofen der Jahrtausende kommen und die flüchtige Zeichnung des frühesten Töpfers: Zickzack und Schlangenlinie bewahrt haben. Nahte der Abend dann, so stellte die Versunkene die gefüllten Schalen an die Fenster des Kinderzimmers, welche nach Osten gingen und von der aufgehenden Sonne getroffen wurden.

In heißere Nächte begannen inzwischen die Frühsommertage hinabzusinken, und wachte mitten in der Finsternis das Mädchen auf, so schrien mit durchdringenden Stimmen die Grillen in dem hohen Gras und begrüßten gleichsam der entbundenen Gestalten freudiges Gedränge, das nach den weihgeschenkten Früchten tastete: Silvane, Dryaden und Nymphen, in Duft gelöste und rauchende Bacchen italischer Rebengehänge und die schwarzen kleinen Götzen aus Afrika.

Im Halbschlaf fuhr die Schlummernde empor und hörte die Geräusche der Nacht – doch dieses Rauschen war nicht in den Bäumen, und dieser Flügelschlag gehörte keinem

Vogel, nicht von dem Atem der Eltern seufzte das geräumige Haus, und es war nicht der Schritt der Mutter, der auf dem Boden schleifte. Ein unendliches Stöhnen, Flüstern und Wehklagen wogte um ihre Kissen; Gestaltloses griff mit tausendfingrigen Händen nach ihrem Scheitel und berührte ihre Locken, und mit den Gartendüften vermischte sich Geruch von Weihrauch, Zimt und seltenen Gewürzen, der wechselnd vorüberstrich.

Alle Türen mußten offen sein, denn in dem Zimmer war ein unaufhörliches Kommen und Gehen befreiter Vorweltgeister, die der feuchtbehangene Mond hervorgelockt hatte, und sie wagte es nicht, nur das Wasserglas zu berühren, das neben dem Lager stand, weil ihr zumute war wie einem Fischer, der sich scheut, die Hand vom Kahn aus in den Strom zu tauchen, damit er nicht von den Töchtern der Tiefe hinabgezogen werde. Trotzdem empfand sie niemals Furcht vor den Atemzügen der Natur, sondern lauschte ihnen wie einem Wiegengesang, dessen eintönig sinnlose Wiederholungen das Blut mit Schlummer erfüllen.

Glänzten dann in der auferstandenen Sonne, von Heiterkeit und kecken Lichtern funkelnd, die Früchte zu den erwachten Augen des Kindes herüber, so war es ein verwandtes Gold, das ihnen vom Grund der Iris entgegenschimmerte und auszudrücken schien, daß die nächtliche Verzauberung, über der sich ihre Schalen wieder geschlossen hatten, ihm nicht unbekannt war.

Allmählich verband sich dem Kind mit allem, was rings um es aufgestellt war, ein inniges Geheimnis, und je dunkler es seiner Umgebung wurde, desto klarer tat sich das Stumme und Niegesagte ihm auf und schien ihm Bruder und Schwester aus blauer Vorzeit zu sein. Niemals dachte es an ein Gegenwärtiges oder hielt laute Zwiesprache mit der nächtlich begegneten Erscheinung seiner Götter, aber ohne seine Lippen zu bewegen, führte es wohl stundenlange Gespräche mit großen und fernher kommenden Gestalten, welche hinter dieser Körperwelt aufzutauchen schienen und gleichwohl seine Geschöpfe waren, die es mit einem Wort erwecken und wieder verschwinden lassen konnte.

Dieses Spiel mit den Geistern – denn wie soll man es anders nennen – verwandelte sich bald in ungeahnte Bemächtigung. Denn hatte es bis dahin den elbischen Tänzen geglichen, in deren grasüberwucherten Kreis die schweifenden Mädchen gezogen werden, wenn sie das Blut aus ihrer Kammer treibt, so drangen jetzt seine Wirbel, von dem neugierigen, überhellen und kristallklaren Geiste wie die Meeresflut vom kalten Monde angelockt, in andere Bezirke.
Es geschah dies, nach dem wunderlichen Gesetz von kleiner Ursache und großer Wirkung, durch einen Gegenstand, der dem Kind zur Alraune am Schicksalsweg wurde, und kam so:
Verwandte des Vaters in Paris, welche die wechselnden Stadien der Krankheit mit flüchtiger Anteilnahme und gedankenlosen Geschenken begleiteten, hatten auf einem Bazar, der zugunsten überschwemmter östlicher Gebiete abgehalten wurde, einen kostbaren kleinen Chinesen gewonnen und ihn in der Laune des Festes an das ferne kranke Mädchen weitergegeben, ohne eigentlich die Schicklichkeit ihrer Gabe zu erwägen und den Umstand, daß der heftige Liebling bisher alle Puppen, die man ihm geschenkt hatte, mit einer Gleichgültigkeit abzulehnen pflegte, die an Verachtung grenzte.
Weil diese neue nun, kaum befreit von Verschalung, Holzwolle und Papier, eine geradezu scheußliche Mischung von Ambra und Moschus verströmte, dazu noch einen erschreckenden und fremdartigen Eindruck machte, setzte sie die Mutter kurz entschlossen und mit einem leisen

Ärger, welcher der Vollkommenheit dieses Götzen in keiner Weise entsprach, auf den Bleichplatz des Gartens, wo der Chinese schief und verloren lächelnd den ganzen Tag über blieb.

Hier erblickte ihn, am Fensterbord schwärmend, das Kind in einer Art wilden und zugleich süßen Erschreckens, wie es überhaupt alle Geschöpfe weniger wahrnahm, als ihnen auf himmlische und herzklopfende Weise begegnete, und sofort bildete sich mit unfaßlicher Schnelligkeit der Gedanke in ihm aus, diese Gestalt sei von den nächtlichen Spielen her noch verblieben und habe, vom Strahl der Sonne getroffen, ihre Wohnung nicht mehr finden können.

Weil sich das Mädchen aber als Verbündete dieser zarten Dämonen betrachtete und zugleich mit dem Geheimnis des gastlichen Wesens sein eigenes preiszugeben fürchtete, bewahrte es seine Entdeckung wie unter ehernem Siegel, und daß es ihn am nächsten Morgen nicht mehr erblickte, wohl aber einen leichten Eindruck der Gräser wahrzunehmen glaubte, schien ihm nur jenen Gedanken zu bestätigen, daß einer der Elfen hier seine leise und unvergängliche Spur zurückgelassen habe. Ja, selbst als ihn die Mutter, durch die Nachfrage der Spender bewogen, einige Tage später wie eine gewöhnliche Puppe in seine Arme legte und dabei die Geschichte seiner Herkunft erzählte, blieb jener Glaube an ihn unerschüttert – zwar nicht so, als ob es die gemeine Wirklichkeit bezweifelt hätte, vielmehr aus einem tieferen Wissen der Kindheit, daß neben und hinter ihr eine andere waltet, die der gewöhnlichen Vernunft nicht unterworfen ist.

Vielleicht entstammte dieser kleine Asiate, dessen schwarzes Brokatgewand mit silbernen Drachen durchsetzt war, wahrhaftig dem Mittleren Reiche, wo für die Ahnen des Hauses die täglich gespendeten Körner in blumigen Schalen stehen, und hatte über den Westen hierher gefunden; vielleicht auch war er von mageren Händen in dem Chinesenviertel einer europäischen Großstadt unter leisen Verwünschungen hergestellt worden – wie dem auch sein mochte, es ging eine so lebendige und immerwährende Wirkung von seinem blendenden Antlitz aus, daß es dem Schöpfer desselben, wenn er darum gewußt hätte, wohl begreiflich gewesen wäre, ihn als Mittler, Pforte und offenen Mund der Unterirdischen wiederzufinden. Denn diese Stelle räumte ihm das Kind jetzt ein, und von dem bunten Thron herab, den es ihm selbst errichtet hatte, ergriff er bald mit der Gewalt eines Fetischs Besitz von der Ahnungslosen und teilte mit grausamer Strenge Befehle an sie aus, welche die freundlichen Gespielen ihrer Tage, ja selbst den Engel ihr zur Seite, von ihr scheuchten, und sie einer grenzenlosen und fürchterlichen Einsamkeit überlieferten.

Sie nannte ihn den Silberdrachen, und auf unerklärliche Weise setzte er sich in Gegensatz zu allem, was bisher ihre Welt gebildet hatte; er verlangte Opfer wie ein gefräßiges Untier und hauste in dem Mittelpunkt ihres zärtlichen Lebens, an dessen Umkreis [gleich erschrockenen Vögeln] Blumen und Sterne flatterten, die bald vertrieben, bald von der großen Schlange angezogen und verschlungen wurden.

In seiner Gegenwart schien es unmöglich zu lächeln, und war das Mädchen schon immer ein ernstes Kind gewesen, so verschattete es nun völlig; es fuhr empor aus tiefen Träumereien, legte den Finger auf die Lippen und beschwor mit flüsternder Stimme die Spielgefährten seiner Bilderbücher, ihre reinlichen Blätter nicht mehr wie sonst zu verlassen, erinnerte sich traurig ihrer braunen Haare und der unschuldigen weißen Knöchelspitzen, die unter den grünen und roten Röckchen hervorkamen, so wie man sich einer unwiederbringlichen und paradiesischen Zeit erinnert, und stellte Schalen und Töpfe nicht mehr

an das Fenster, sondern brachte sie abends dem Drachen dar.
Was in dieser neuen Opferhandlung sich an Vorstellungen, Gedanken und Leidenschaften überkreuzte, war ungeheuer vielfach, beziehungsvoll und keineswegs unbewußt – wohl aber hatte eine dumpfe Furcht den größten Anteil daran. In einer merkwürdigen Einbildung vom Wesen der Dinge glaubte nämlich das Mädchen, daß jedes Geschöpf sich in das verwandle, als was man es anschaute; und obwohl es damals schon ahnen mußte, daß der Mensch seine Götzen wohl selber erschaffen, dann aber die Macht über sie verloren hat, fühlte es sich doch durch das Wissen um die Herkunft des Drachen aus Nacht und Zauberei als Mitschuldige an seiner Erscheinung, die ebenso schal und puppenköpfig hätte sein können, wie sie jetzt finster und schrecklich war.
Niemals jedoch wäre das Kind auf den Gedanken gekommen, sich von seinem Peiniger zu befreien, hütete ihn vielmehr mit einer Leidenschaft, welche seine Umgebung in Erstaunen versetzte und in der Mutter allmählich den Plan reifen ließ, ihn bei Gelegenheit für immer zu entwenden; wie denn auch dieser Chinese später spurlos verschwunden ist, ohne daß man ihm den natürlichen Lebenslauf einer Puppe: von der einen in die andere Generation überzugehen, nachsagen konnte. Ach, wenn die Gute damals, wie einst Daniel vor das Bildnis des babylonischen Tieres, Asche und Hirsekorn hingestreut hätte – die unzähligen Fußspuren ihres kleinen Mädchens nach dem Götzen hin, Spuren von Reh und Vogel, würden sie gewarnt und ihren Entschluß beschleunigt haben. So aber kam das Schicksal ihr zuvor.
An der gleichen Wand nämlich, gegen welche die Puppe unveränderlich lehnte, hing auch jene Darstellung der Mutter und des Kindes, die der Traum in Spiegelung gesetzt hatte zu dem Geisterreich, und auf das Haupt des

Silberdrachen drohte in gerader Linie der Fuß der Jungfrau hin. Weil aber ihr himmlisches Bildnis, das die Genesis vom Hauch der Schlange abgesondert und über den weiblichen Mond erhoben hat, in den Augen des Kindes schon vermischt mit der Totengöttin und den hochzeitlichen Gewalten der Natur gleichgesetzt war; beschlagen vom Hauch der Träume; befleckt von dem Samen der Jahreszeit, der aus Schlafdüten, Wolkenleibern und irdischen Händen floß – schien sie ihm auch die Herrin des Silberdrachens zu sein, die ihren Diener ausgeschickt hatte, auf seinem Rücken die Braut hinabzutragen.

Proserpina stand jetzt dicht vor der Pforte; und zum erstenmal fühlte die Tochter der Ceres, daß der holde und liebevolle Schoß der Dinge zugleich Ursprung aller Ungeheuer und Grab der Lebendigen ist.

Einst war voll tiefer Beruhigung alles Sichtbare gewesen und hatte eine Mauer gebildet gegen das Nichtsein und den Abgrund hin: Musik im Glase, klirrte das Löffelchen; Brot und Milch und die graue Abendsuppe verbürgten ein ewiges Leben, und wie das Antlitz Gottvaters neigte sich der Kinderarzt über sie. Es war tröstlich, in bunten Büchern jene Menschen zu sehen, die den Wein tranken und aus gehäuften Schüsseln aßen, und von Knaben zu hören, die das wilde, starke und ungestüme Leben der Gesunden führten; doch noch viel süßer schien es ihr, in die rosigen Farben der letzten Amselstunde langsam und feierlich ihr Lieblingslied zu sagen und jenen frommen Worten noch lange nachzutönen, welche die Welt als eine stille Kammer bezeichnen und von der Dämmrung Hülle traulich und hold umfriedet wissen.

Denn nur das Ungreifbare war Bedrohung: Schlaf, Träume und die feurigen Brände des Blutes – und mit mächtigen Flügeln stand bis hierher eine helle und strahlende Tageswelt um die Zitternde und verbarg vor ihr die brauende Geisterschar.

Nun aber dunkelte das Mutterland. Nicht länger war der Mond ein guter Schäfer und der Schlaf ein weißes Sandkorn, das unter die Lider fällt; der braune Kuchen des Lebens ward nicht mehr gebacken aus Butter, Zucker, Mehl und heimatlichen Gewürzen; und aus der Obhut der vierzehn Engel war das Kind schon lange entlassen.
Wenn die Frauen auf gleitenden Füßen durch das Zimmer gingen, verwandelte sich ihre Gestalt vor den Augen des Mädchens: sie waren Bäume, die es mit grünen, dichtbelaubten Armen umstrickten; Weiden, die ihre Zweige tropfend und wie hinter ewigen Wasserwolken auf das dampfende Kinderbett niedersenkten, und wie ein Feuersalamander saß die kleine Seele der Entrückten unter ihren Wurzeln und dem zitternden Bogen der Äste.
In jener Zeit geschah es häufig, daß das Kind die Mutter nach ihrer Herkunft fragte, und wenn die Gütige dann mit leuchtenden Augen erzählte, schien sie ihm eine jener Melusinen zu sein, welche an den Ursprung einer Quelle oder an das Mark eines Baumes gebunden sind. Es umklammerte ihre Hand und flehte sie an, nicht in den Wald zurückzukehren – eine Bitte, welche die Mutter mit schmerzlicher Bestürzung aufnahm und unerwidert ließ.
Dann sank wohl das Mädchen zurück, blieb lange unbeweglich liegen und sehnte sich mit der Kraft eines leidenschaftlichen und todgeweihten Herzens nach den gefährlichen Liebkosungen der Natur; es erinnerte sich der aufgewühlten Gartenwege, an denen jetzt bald die sommerlich heißen Blumen hervorbrechen mußten, und des Springbrunnens, dessen Feuchte den Rasen tränkte.
Nun die Hülle des Sichtbaren einmal gefallen war, konnte nichts mehr es halten, und wie ein Schiff, dessen

Strömung von einem Ungeheuer aufgetrunken wird, wurde es in den Mund der Schöpfung hinabgezogen.
Oft träumte Proserpina damals das wandernde Schicksal, und immer war es der Silberdrache, der an dem Ufer lag und sie an sich lockte mit unwiderstehlicher Gewalt, der zu folgen süß und teuflisch sein mußte. Er glich nicht mehr der Puppe, sondern der Teil war für das Ganze getreten, und der Schmuck seines Gewandes hatte sich als Sinnbild von ihm abgelöst. So häufig wiederholte sich seine Werbung, daß die Hilflose mit ihm zu spielen begann, das Antlitz auf die Kissen warf und im plötzlichen Andrang des Blutes zu den Augen seine glänzende Gestalt hervorzurufen sich mühte, ehe der Schlaf sie noch schenkte.

Da geschah es eines Abends, daß mitten auf der Stirn des Mädchens ein klarer Tropfen es durchdrang und langsam hochhob mit neuer Flut, was zögernd stille lag. In dem gleichen Augenblick wußte die Halbwache, daß sich das Weihwasser mit ihr unterredete, jene gewohnte Segnung der Dämmerstunde, welche alltäglich einem kleinen Kessel entnommen wurde, der ihr zu Häupten hing. Geschlossenen Blicks erfühlte sie seine Form: Eine schwach getönte Schale, über der das Osterlamm kniete und den rosigen Strahl der Seitenwunde in das dunklere Becken verschwendete.
Diese Vorstellung verwandelte sich mit dem Wandel der Träume und nahm sie auf als ein Fischerkahn, der leise unter ihr schwankte. Er führte als Fracht das ergebene Tier, dessen mild gehügelte Gestalt ihre Heimat war, während schon zwischen Tauwerk und ausgebreitet hängenden Netzen das jenseitige Ufer sich näherte, heranzufliegen schien und von den Schlafgarnen aufgefangen wurde.
Hohe Berge, deren Abhänge mit Reben überronnen waren und von einer fremden, feierlichen Musik eintönig auf und nieder dröhnten, stiegen in das eherne Firmament

und von geflügelten Winzern wogten die Weinbergpfade. Am Rand des Stromes lag der Silberdrache, verschlang, sobald der Nachen anlegte, das Lamm, barst und fuhr gleich bläulichen Blitzen in die Hände der Winzer, welche mit ihnen, als mit flammenden Messern, die Trauben schnitten. Unter Wehklagen löste sich jede Frucht und hauchte, wie das Weidenrohr in den Händen des Schäfers, ihre duldende Seele aus. Von allen Hängen kam ein seufzendes Echo, und immer stärker vermischten sich die windfüßigen Melodien mit dem großen Gesang der Berge, während Blitz auf Blitz in die Fülle herniederfuhr, die Traubenernte sich häufte und von den schwankenden Lesern bacchantisch zertreten wurde. Wie in einer grollenden Kelter dumpf tönendes Holzgefüge ging die Träumerin in sie ein, vernahm das Rauschen der Säfte in ihren Ohren, fühlte die Umarmung des Todes und ergab sich in das Verbrausen der Sinne.
Vor dem Fenster aber hatte sich in dieser Nacht das erste Gewitter des Hochsommers entladen und war aus den pfälzischen Bergen nach der Rheinebene hingezogen.

Dort, wo der üppige Rasen des Gartens von der Nässe der Brunnenwasser getränkt wurde und in tauben Binsen aufzuschießen begann, lagen Grottensteine, unter denen die feuchten und dämmerfarbenen Tiere der Erdmütter hausten: hastige Käfer, welche mit schauerlicher Süße die grabenden Hände besuchen, Unken, deren wimperlose Augen die Feuer der Tiefe zu bergen scheinen, Puppen, Eier und Larven.

Hier war das Gedränge der Unfertigen und die Maskerade des Werdenden. Aus der hohlen Schale des Todes kroch das weiße Fleisch der Maden, das Verhärtete starb ab wie eine Hülsenfrucht, welche die Göttin entgegennimmt, um sie zwischen den Handflächen zu öffnen; und wie lebendiger Same floß die Vorgeburt durch die Erde. Doppeldeutig war das blinde Dasein dieser Tiere, und von den gärenden Toten unterschied sich ihre Verwandlung nicht. Hier entsprang das Geschlecht und war Sprung in dem Leben, Schärfe und Milde, Mann und Weib. Arachnes Bräutigam zitterte und rollte als erstarrtes Liebeslos unter die Felsen, wilde Pfade zog die hermaphroditische Schnecke, und nach verschiedenen Seiten krümmte sich, wenn das Eisen ihn traf, der Wurm davon.

Dies war die Aussaat des Hades, und es schien, als ob er selber hindurchgestiegen sei, um sich klein und rührend in den Augen eines Kindes zu spiegeln.

Denn es war nun stark, aber noch schmal genug, sein Haupt zwischen die Steine zu legen, während rings das hohe Gras es beschattete und sein Körper langsam in den

Blick gezogen wurde wie eine Raupe, deren Leib dem Ziel der Taster sich hinzukrümmen scheint. Proserpina saß auf den Knien, die Schläfen bedeckt von dem Vorfall der Locken, und ruhte bei den Tieren.

Es geschah dies meist um die Mittagsstunde, wenn der Sonnenzeiger die Tageshälfte zerschnitt und das Gefühl ihres Herzens mit sich hinunternahm in den wachsenden Schatten; wenn die Dinge noch einmal an Wärme gewannen, und jene Beunruhigung der Lüfte durch die Natur ging, welche eine künftige Verwölkung anzeigt, und den unausbleiblichen Heraufzug der Dämmerung.

Sie war Mensch, wenn sie eintrat durch die Mittagspforte, deren glühende Pfeiler sich rasch verengerten und den ätherischen Raum wegnahmen; aber wie Blindschleiche, Eidechse und Wiesel, deren Farbe in den stillern Teil des Lebens übergeht, fühlte sie sich strömend verwandelt werden über der Erdmulde und abstürzen in frühere Formen.

Dieser Zustand fing damit an, daß der Himmel, den sie mit erdwärts gerichteten Augen so erblickte, als ob ihr hundert andere am Ende der Schlangenhaare säßen, wie wolkige Milch gerann und in zerfließenden Bildern – Männern, die ihre Speere kreuzten, segelnden Schiffen und geflügelten Ungeheuern – wogte, während die Gespielen des Gartens vor ihr sich aufzuhellen begannen und pflanzenhaft durch die purpurne Finsternis wucherten. Nahe den schwärzlichen Asseln, war sie ihnen nicht nahe genug, und um ihresgleichen zu werden, bedurfte es einer tieferen Versenkung. Den gesammelten Einblick verströmend, fühlte sie ihre Glieder entlaufen, die Haut sich verschalen und ihren Körper nacheinander übergehen in Vogel, Reptil und Wassertier; sie bedeckte sich mit Federn, Schuppen und Schleim, sah durch die Augen des Käuzchens, der Lazerte und der tausendspiegeligen Spinne, atmete durch Lunge und Kiemen und kreiste zuletzt wie eine leuchtende Kugel mit zitternden Lichtfäden in sich selbst, angerührt und bewegt von den Kräften des All.

Nun wollte sie nichts mehr und genügte sich ganz, aber diese Ruhe war das Schweigen verzauberter Seelen, welche die Würde der Sprache verloren haben. Niemand vermochte sie jetzt noch anzurufen, denn im Grunde sich selbst verwünschend war ihr Zeichen die Schlange geworden, die sich in den Schwanz gebissen und ihren Umtrieb geschlossen hat; niemand konnte diese Bezauberung hinwegnehmen, indem er, wie der Engel am Felsengrab, den Tod aufhob samt dem Stein, denn mitten durch die wandelnden Körper war ihre Seele hinabgesunken und hatte sie an Schwere übertroffen.

Wie aber jeder Mensch bei seiner Geburt aus dem erinnernden Schoße alles Vergangene heraufbringt in die letzte Erscheinung, so riß Proserpina in ihrem Abstieg die seufzenden Geschöpfe von Stufe zu Stufe, in ihr fiel die Natur, und dieser Fall endigte erst an der Sanftmut der Moose und den demütigen Gräsern, welche eigne Bewegung nicht haben und nur von den Winden gebogen werden.

Lag sie erst ganz auf dem Grunde, dann konnte es wohl geschehen, daß man durch den Garten ihren Namen rief, ohne daß sie ihn wiedererkannte, gleichwie sie ihrerseits von den suchenden Frauen nicht erblickt wurde, obwohl sie dicht an ihren Säumen bebte.

Tauchte sie auf, so blieb ihre Seele zurück, wie das Bild der Najade, die unter dem Spiegel wohnt; und abschiednehmend über das Wasser gebeugt, hätte sie sich nicht erstaunt, die Fläche leer zu finden.

Wie eine Erscheinung, die keinen Schatten mehr wirft, ging sie davon, und am Tisch der Eltern nahm sie Platz wie ein scheues Tier; sie griff mit kleinem Pulsschlag nach den Speisen, als seien sie ihr verwehrt und aß nur

das Nötigste, so daß die rasche Mutter sie von der Mahlzeit der Erwachsenen auszuschließen drohte – weil aber der weißhaarige Vater für sie bat, nicht anders als einst jener Märchenfürst, dessen Tochter den goldenen Ball an die Tiefe verlor, durfte sie bleiben, und ebenso wird auch wohl Froschkönig bei den Menschen gesessen haben.
Fragten sie die Eltern freundlich nach ihrem Verbleib und den morgendlichen Spielen, dann war ihr, als ob sie von verbotenen Gefährten käme. Sie verstummte angstvoll oder erfand unwahrscheinliche Begegnungen mit Altersgenossinnen, die sie auf der Straße getroffen haben wollte und versetzte die Ihrigen, welche diese Angaben wohl durchschauten, in aufrichtige Betrübnis über ein offenbar lügenhaftes und verschlossenes Kind.
Trotzdem wagte es niemand, ihr heimlich nachzufolgen und den Aufenthalt ihrer Spiele zu entweihen, weil man wohl fühlen mochte, daß es nicht genügt hätte, um dieses Ortes Erde, Schilf und Wasser zu wissen, und jede Neugier nur enden konnte, wie wenn man einer gefüllten Rose unzählige Blätter erforschen wollte.

Eines Tages nun, als sich die Schwärmende dem Felsengrab wiederum näherte und ihr Herz in grenzenloser Sehnsucht hinwandte zu dem unterirdischen Bräutigam, sah sie das Unerlöste vor sich stehen; aber sie erkannte es nicht, sondern hielt es für den Gärtner.
Es war derselbe, welcher sie damals in die Wildnis der Gefühle hineingeführt hatte und sie jetzt, über den Spaten gebeugt, mit entschlafenen Augen betrachtete. Sie erschrak nicht und ging auf ihn zu, wobei sie die Wahrnehmung machte, daß ihre Schritte in der angehaltenen Stille wie eine Frage klangen. Davon bestürzt, verzögerte sie ihren Gang und blieb auf halbem Wege stehen, so daß sich, über ein Gartenbeet weg, ihre Blicke begegneten.
Es war zur Mittagsstunde, als Proserpina und Pan

einander erblickten, und wie einst die blumenpflückende Kore durch das offene Blütenauge hinabgezogen wurde in die Arme des Todes, sank durch den bewußtlosen Erdgeist die fühlende Seele hinein.

Hier war das Einfalltor der Natur, aber obwohl sie sich dort am üppigsten verzweigt, wo sie dem Grunde am nächsten ist, empfand die Geraubte nichts als jenen vorgeahnten Wirbel, welcher, da er hohl war, sie einzusaugen vermochte, denn die Stimme der Vögel hatte sich in ihre Kehle und der Duft der Blumen in ihren Kelch zurückgezogen; ohne Form und Schönheit stand die Narbe der Welt, weil ihre Blätter sich am eignen Übermaß zurückgeschlagen hatten.

Doch auch des Gärtners Erscheinung drückte nichts und alles aus und war von jener überfüllten Leere, wie sie uns die Völker um das Mittelmeer gebildet haben. Sein Gesicht kam Proserpina vollkommen rund vor, mit kurzer, gerader Nase und starken, aber gleichmäßig gewölbten Lippen; um seine Schläfen krausten sich kleine schwarze Locken, deren jede einzelne für sich zusammengerollt zu sein schien; seine Gestalt war mittelgroß und fest, die Hände lagen in tierischer Ruhe sanft und geistesfern um den Schaufelstiel.

Dieser Mensch, welcher Jakob hieß und den Garten im Lauf der wechselnden Jahreszeiten bestellte, mochte eine Weile in seiner Beschäftigung innegehalten und die blutgefüllten Augen von der Erde erhoben haben; vielleicht wartete er auch auf das Geräusch der Schüsseln, die ihm von einer Magd, die er liebte, an den Gartentisch gebracht wurden, oder überdachte die Zeit, welche ihm zur Vollendung seiner Arbeit nötig schien, als er das schweifende Mädchen erblickte – und weil es Proserpina war, wurde er Pan. Sie dagegen, lange schon nicht mehr das Kind dieses Hauses, sondern der Unterwelt, ergriff nicht wie ehemals Besitz von den Geschöpfen, um sie spielerisch zu verwandeln, sondern an ihrer Erscheinung verwandelte sich wie von selbst das Angesicht der Wesen und wurde götterhaft, während sie noch mit leiser Stimme menschliche Worte zu ihnen sprach und sie Vater, Mutter oder Gärtner nannte.

So geschah es, daß in dem zaubrischen Durchgang der Stunde der Knabe und das Kind einander näherten und ihre Gestalt vertauschten – so daß ein Gott antwortete, wo der Gärtner gefragt war; und nicht der Baum mit Laub und Krone, sondern seine Dryas, die menschliche Seele, hinuntergegraben wurde in das Schattenreich. Einen Schritt tat Proserpina weiter und fand sich an den Wurzeln der Natur; sie trat zurück in den Ursprung wie die Tiere des Ackers, wenn es Winter wird, und nahm die Säfte ihres Lebens mit sich, damit ihr begrüntes Geheimnis die Blätter fallen ließe und namenlos würde gleich einem herbstlichen Baum, der mitten in dem Sommer jäh abgestorben ist.

Nicht mehr nach eigner Wahl an einen Ort gebunden, der zu benennen war in der Sprache der Menschen und Esche, Weide oder Hasel hieß, glitt sie den Stamm hinunter und fand sich wieder in dem riesigen Geflechte zwischen den wimmelnden Unformen der Erde; dort, wo die Dinge noch keine Bezeichnung haben, und unentschlossen zögern, Mann oder Weib zu werden; sie nahm sich keinen Teil mehr, sondern vermählte sich dem Ganzen und hob sich auf – ach, und wer würde sie dort unten erkennen, wo alle Flüsse noch Quelle heißen und alle Pflanzen Keimblatt?

Auf der Schaufel des Pan lag ihr Herz wie eine Zauberwurzel, die man eingraben muß, um über ihrem Hügel der Dämonen habhaft zu werden; ihr Antlitz verging und sank ein wie ein flacher See; zum Kreuzweg der Beschwörung wurden ihre Glieder, und nach seiner Königin mochte Pluton vergebens umherschweifen, denn die er

zur Herrscherin erkoren hatte und erhöhen wollte, hatte sich in seinen Purpurfalten verborgen und war, gleich ihnen, namenlose Kraft geworden.
So freilich können die Menschen mit den Unterirdischen eine kleine Weile leben, ohne von ihnen erkannt zu werden; nützen sie aber eigenmächtig ihre Kunst und die Erkenntnis des Todes und essen von dem Granatapfel, den die reifende Nacht ihnen bietet, dann wird es ihnen unmöglich, sich ihrem Zorn zu entziehen, und anheimfällt als Opfer, was als Gespiele willkommen war. Oder wodurch sonst wurde Proserpina in der Unterwelt zurückgehalten?

Wie also das Kind zum Element der Bezauberung selbst ward, und auf Geheiß des Gärtners das Liebesband knüpfte für die Magd des Hauses, wird, nun die Deutung der Geschehnisse ihnen vorausgeeilt ist, auf den folgenden Blättern berichtet werden.

Von dem südlichen Teil der ehemaligen Stadtmauer begrenzt, erstreckten sich die Sämereien, Treibhäuser und Beete einer mühsam lebenden Alten, deren Bursche jener Jakob war; und die Erzählung von dem dritten Garten Proserpinas, der hinter dem Tierpark des Fiebers und der moosigen Quellgruft sich öffnete, mag nun zur Reife bringen, was in verschiedenen Räumen, wie in gefächerter Kapsel der Same, an gleichem Schicksal ruhte.
Wie es nämlich die gute Ceres des Elternhauses hinzog zu der bedürfnislosen Freundin der Toten, welche die irrenden Seelen mit frommer Rede zur Ruhe bestattete und über ihre Erscheinung Kirschbaum und Rose pflanzte, so auch zu der armen Witwe eines längst verstorbenen Gärtners, wobei nicht nur entferntere Nachbarschaft sie bewogen haben mochte, die zweifelhaften Dienste der Greisin anzunehmen, sondern mehr noch die Menschenfreundlichkeit ihrer Sinne, die allen Menschen zuzumessen bestrebt war, was das Leben ihnen versagt hatte.
So kam es, daß dem Mädchen, welches sich im Lauf der Zeit zu den leichten Aufträgen der Blumenpflege drängte, jener fremde Garten vertraut ward – und während der elterliche immer tiefer versank, und an der Narbe des Herzens mit ihm zusammenwuchs, prägte und erfüllte sich das Bild des neuen zu bleibender Schau; aber vergessen nicht auch wir das Gehäuse der Frucht, je weiter sie der Vollendung zugeht und nennen »Apfel«, was sich um ihr Eigentliches geschlossen hat?
Zum erstenmal betrat das Kind an der Mutter Seite den verwahrlosten Garten, als es, durch einen kurzen

Ausgang ermüdet, gegen die Mauer taumelte, und um Wasser bat.
Von sorgenden Armen emporgehoben, fühlte es sich unter der niedrigen Steintür hereingetragen werden und über Beeten schwanken, in die der Hochsommer seine duftenden Brände geworfen hatte.
Weil nicht genügende Hilfe der großen Natur entgegenstand und sie sänftigte, waren alle Ländereien überwuchert, und auf den Wegen verzehrte sich, schmachtend in der Sonne, die kleine Resede und das, ach, wie flüchtige Gras. Das furchtlose Heer der Gladiolen ertrug mit klirrenden Blättern die Mittagshitze; in der trockenen Kalkerde der Gegend wurzelten voll wilder Entschlossenheit die leidenschaftlichen Nelken und nahmen um des nackten Daseins willen ihre gefiederte Fülle zurück wie die Schwestern, die auf steinigen Bergwiesen wohnen; allzu wenig beschnitten, verzweigten sich die Rosen bis in die Hälfte des Stamms hinunter; und wie Salbengefäße der Toten, welche die Zeit zu schließen vergessen hatte, hauchten sich mit quälendem Wohlgeruch die Lilien aus.
Überall standen oder lagen zerstreute Gartengeräte an dem Ort, wo sie gerade gebraucht worden waren; ein breiter Strohhut, mit gewelltem und ausgefranstem Rand ruhte neben den Resten einer ländlichen Mahlzeit; da und dort hatte man das beschädigte Glasdach über einem unbenützten Beete hochgeschlagen und auf die rostigen Griffe gestellt.
Wiewohl also Spuren menschlicher Tätigkeit reichlich zu bemerken waren, dünkten sie dennoch dem Beschauer abgelöst zu sein von ihrer Ursache, gegenstandslos und verblauend, ja fast wie eine Sage, in der sich alles Geschehen verewigt und abgeschlossen hat.
Dieser Eindruck verstärkte sich noch, wenn man in der Tiefe des Gartens jenes baufällige Haus erblickte, das,

ganz von hartglänzendem Efeu überwuchert, einem gesunkenen Grabmal eher glich als einer menschlichen Heimstatt. Aus flachen Ziegelsteinen erbaut wie die römischen Wasserleitungen, die aus dem Inneren des Hügellandes nach dem Strom hinführen, mochten seine Bestandteile abwechselnd als Mauer, Turm und Stallung gedient haben, wie denn auch in der Hauswand befestigte Eisenringe darauf deuteten, daß hier mit gesenkter Mähne einst Pferde standen; tragende Stuten, deren Schatten so mächtig ist, daß kinderlose Frauen an seiner Berührung fruchtbar werden.

Mit einer schwachen Bodenerhöhung ansteigend, führten drei gestufte Steinplatten in das Innere des Hauses, dessen Tür im Sommer und tief in den Herbst hinein allezeit offen stand – und frei umherlaufendes Geflügel, das den angerichteten Schaden im Garten ausglich durch reichliches Legen, drängte sich zudringlich aus und ein. Vertraulich kamen die Tiere zur Fütterzeit, wenn das heisere Krächzen des Weibes sie lockte; und von ihren schwarzen Hennen umgeben, ähnelte sie einer Sibylle, die aus dem Wurf der hellen Körner und den ausgefressenen Sternbildern ein Zukünftiges deutete.

Auch versäumte sie es nie, ihnen den Abfall jeder Speise mitzuteilen, und dieser Beschäftigung ging sie gerade nach, als das furchtsame Kind sie erblickte. Von der Mutter geheißen, trat es freundlich, aber zögernd auf die verfallene Greisin zu, und eben auf die wankenden Füße gestellt, wäre es fast von neuem gestürzt, denn die Hand, welche sich ihm geschwärzt und zerrissen entgegenstreckte, war bis auf den Ansatz der Finger, die Baumstümpfen glichen, verkrüppelt.

Es lag aber in dieser Gebärde der Begrüßung und dem Anblick ihrer Zerstörung etwas wie ein Zauberspruch, der nicht zu Ende gesagt worden war; wie das Gefühl von abgebrochenen Weiden, deren Zweige ohne Übergang hervorgehen aus dem gefüllten Stamm; ja fast schien es, als ob die Erdkraft hier angehalten und gehemmt worden wäre, ehe sie noch menschliche Gestalt annehmen und in den Begegnungen des Schicksals erscheinen konnte.

Das Grauen des Kindes dauerte freilich nur diesen Augenblick an, denn sobald seine glühende Hand sich mit der ihrigen traf, fühlte es weder Fleisch noch Bein, sondern wurde an eine aufgesprungene Rinde erinnert, die man wohl fassen oder streifen, doch nicht als seinesgleichen empfinden kann.

Später erfuhr es, daß man sich erzählte, diese Frau, Tochter eines ärmlichen Winzerbauern an der Mosel, habe einst als kindliches Mädchen den Zapfen aus einem in voller Gärung sich befindenden Wein gestoßen, von dem sich der Vater, der ihn mit ausnehmender Mühe gekeltert, einen besonderen Gewinn versprochen hatte. Ob diese Tat in der Verstörung des Reifealters geschehen oder als eine koboldhafte Handlung zu deuten war, ist ungewiß – aber der Bauer, ein gewalttätiger und in den napoleonischen Kriegen verwilderter Mensch, kühlte seinen Zorn an der eigenen Tochter, indem er ihr mit dem Rebenmesser die rechte Hand verstümmelte. Vielleicht von hier an blieb die Scheu vor Gewalt und Blut in ihr zurück, die sie bewog, einem kränklichen Gärtner als Weib in die Fremde zu folgen; aber auch jene Wildheit und heimtückische Lust an Schaden und Neckerei wuchs und nahm hexenhafte Gestalt an, so daß man die Kinder des Ortes mit ihr zu schrecken pflegte und dem traurigen Zustand ihres Greisentums das Mitgefühl versagte, welches man den Bedürftigen sonst entgegenbringt.

Wohl um der gütigen Mutter willen, schien jedoch Proserpina ihr mürrisches Wohlwollen zu erregen, denn mit dem Versuch eines Lächelns, das lange ungeübt und daher zugleich rührend und abstoßend war, lud sie das Mädchen ein, ihr zu folgen, hob von dem Fensterbord einen irdenen Topf und goß kalte Ziegenmilch in den Becher, trug auch ein Körbchen mit frühen Mirabellen hinzu und schien mit sichtlicher Freude dem schüchternen Trinken der Kleinen zuzusehen.

Diese hinwieder kostete kaum von dem Inhalt des tönernen Gefäßes, sondern trank mit wandernden Augen die reifende Fülle des Sommers, den der schwarze Efeu vor dem Fenster wie zum Tode bekränzte. Bis auf den dunklen Anschlag einer fern umgehenden Gießkanne war alles still, und in dem tiefen Zelt des Hauptes ruhte das entschlummerte Gehör wie ein leicht erweckbarer Held, um den sich die Bilder des Daseins im Traume scharen.

Über den Blumenbeeten kreisten sehr niedrig die unzähligen Bienen, ein lose angelehnter Rechen fiel lautlos nieder, da jedoch weder das gehäufte Summen der Insekten noch der schwache Fall des Holzes bis zum Haus hin vernehmlich war, lebte nur als Bewegung das Geräusch noch weiter und wurde wahrgenommen mit einem anderen Sinne: im Auge geboren, ward es so leise, daß nicht es selbst erzählte, sondern nach seiner Herkunft gefragt wurde wie nach einem alten Gebrauch.

Weil die Frauen das Kind versunken und befriedet sahen, traten sie wie von einer Schlafenden hinweg in das Freie, und da sich die Mutter erinnerte, keine Eier mehr im Topf zu haben, ging sie mit der Alten hinter das Haus, um das Gelege noch warm auszuheben.

Zeit des Hochsommers, wo die Bäuerin ihre Hühner abgreift an der Bauchhöhle, und der Mann, wenn er über das Feld geht, mit prallen Fingern die Halme prüft; Zeit, in welcher der Mensch den entschlummerten Pan aufschreckt mit Sense und Sichel, mit dem Gesang der Knechte und den hölzernen Stangen, welche die Körner aus den Hülsen dreschen – du verbirgst hinter der eben gereiften Frucht schon die andere und lockst vom geernteten Felde die irrende Ceres weiter. Sie schneidet das

Gras mit gedengelter Sichel; in Haufen stellt sie das Korn und lichtet die Ebene; pflückt von den Sträuchern die Beeren und achtet der kürzeren Tage nicht; doch mit einemmal ist die Geschäftige hinter die Wand des Sommers geraten, hinter das Haus, die Scheuer und das Gesicht der Sonne – auf der anderen Seite des Jahres kehrt die verspätete Mutter bei Fremdlingen ein, und der Ackergott, seiner Zuflucht beraubt, entführt mit den letzten, geschontesten Blüten das Töchterchen.

Es trinkt seine Milch und nimmt die rotgefleckte Mirabelle aus dem Körbchen, eine einzige nur in verträumtem Gehorsam; aber er, der es immer ist, wenn das schwarze Haupt an den Fenstern der Mädchen vorübergeht, stand schon in der Tür und war mit den Schritten eines Gärtners gekommen, mit dem Anschlag der Gießkanne, die er auf den Steinplatten des Hauses niedergesetzt hatte; er hielt, der heimliche und vor Begierde zitternde Verehrer der blonden Magd des Elternhauses, dreierlei Blumen in den Händen; und aus fernher kommender Erinnerung holte er, der ewig Gegenwärtige, die Vergangenheit.
Leise fing er an mit den Namen der Blüten und fügte, wo er sie wußte, die spätlateinischen hinzu, die an dem Rand der Sarkophage sprießen; von dem Boden, den er aufgrub, erzählte er und ließ die Säume zweier Feuersteine entfesselte Sterne sprühen; von den niedrigen Schränken hob er drachenförmige Muscheln und in grüne Flaschen eingelassene Segelschiffe, die ein Bruder der Alten, der mit Weinstücken nach Holland gekommen und an Bord gegangen war, mitgebracht hatte, und hielt der Lauschenden, während er ihr von dem ältesten Meer erzählte, die brausenden Gehäuse an die Ohren: so aber ging der Schwan in Leda ein.
Sie schob den kindlichen Becher fort, und das Herz sank ihr schwerer zur Grube; es gewöhnte sich an die feste

Füllung der irdischen Dinge, an ihren harten Bruch und den Efeu der Worte, der ihn mildert – und je höher ihr Lächeln wehte, flach und windig wurde wie ein Vogel, der vom Nest abfliegt, desto tiefer gewahrte Proserpina, daß dem Jäger und Hirten, dem Landmann, Gärtner und Fischer das wahre Lob der Geschöpfe aufgetragen ist.

Denn selbst die Natur vermag nicht beständig zu schweigen; vielfältig unterbricht sie ihre Stille und wirft nicht nur in den eigenen Schoß, mit sich selber raunend, rauschend und flüsternd, pochend und zischend, die Früchte. So brüllt sie nach Entlastung in der milchenden Kuh, so ruft sie auch im Hingang des Jahres die Erdbefruchter, und sie preisen ihr zum Ruhm den Zug der Netze, das Geweih des Wilds und den Ertrag der Körner; in menschlichen Ratschlag führen sie aus schauernden Nächten den Behang der Reben und was einsam unter vergilbten Blättern liegt; bedenken das Gereifte um seines Nutzens willen und sprechen nur aus an den Dingen, was ihnen zugekehrt ist.

Auch mit Dämonen reden sie nicht anders, wie denn, wer den zappelnden Fischkönig fängt, sich die Fülle des Nachens oder von dem bärtigen Wurzelmann die Schätze des Ackers versprechen läßt.

Hörte also Proserpina auf den panischen Gärtner, so tat sie es, um das Gewicht der Erde, in die sie eingeschlossen war, zu heben und den Kaufpreis, um den sich an Samen und Hülse ihr Herz vergeben hatte, zu erfahren. Wie eine Alraune verlangte sie nach Milch und Wein, aber aus tönernen Krügen, die fest auf der Erde stehen und nur da sind, den Durst der Schnitter zu löschen – denn tröstlich schien es ihr, die Kruste des Lebens, durch die sie so plötzlich hinabgerissen worden war, noch einmal mit dem Gefühl von jungen Toten zu betasten, welche, wie an unreifen Früchten die Kerne, noch allzu fest in ihren Sinnen hängen.

Er hingegen hatte sie mit den nämlichen Blicken gefunden wie einen seltenen Stein oder eine Münze, die Bestatteten unter der Zunge liegt. Gewohnt solcher Schätze, hob er sie auf und prüfte in wägenden Händen, wozu sie gut sei; was ihre Form dem Kundigen versprach, gab er ihr durch den Gebrauch und leistete der Unterwelt den Dienst, ihr zuzusprechen, wonach sie sich schon lange mühte; und wenn er auch zu Proserpina sprach wie zu einem irdischen Kinde, so handelte er doch aus tieferer Verflechtung: wie ein Weidetier, das die Kräuter auswählt, ohne es zu wissen, und die giftige, die rauhhaarige und scharfe Pflanze annimmt, wenn sein Trieb es so heißt, fiel ihm bewußtlos und ohne Schuld das leere, reine Totengesicht, bei dem die Zauberer schwören, ein. Es ist das Gesicht auf dem Obolus, den Charon entgegennimmt: das Rundgesicht ohne Schatten, von dem Griffel des Totenrichters als magischer Kreis gezogen – das Gesicht unterm Schattenlos. Es hat jeden Gehalt und keinen; bei ihm können Schätze gehoben, kann Liebe erworben, Krankheit gesät und Fieber vertrieben werden. Wer es erblickt, der kennt es schon lange – wer es kennt, sieht es immer zum erstenmal. Auch dem Gärtner war es in jedem Samen schon lange vorgebildet, und die Frauen jener Gegend haben es am deutlichsten bewahrt; gleichmütig tragen sie es über bräunlichen Schultern, springt es aber auf, so geht die holde Blüte des Lächelns wie der heraufgeführte Frühling daraus empor: Primel – Proserpina.

O Antlitz, Flut der Gesichter spiegelnd, deren jedes für das andere steht, zartes Gefäß einer Seele, die stille hielt, während die Ahnen sich in sie ergossen und ihre Form so fest erstarren ließen, daß niemand mehr die leidende Nymphe unter ihr suchte – in dieser Stunde überlieferte dich, Göttertochter, der erste deiner Freunde an das

immer wiederkehrende Los, hinabzusteigen und ihm das Gewünschte emporzuführen.
So hat von ihr der Sänger einst die Gattin erbeten, so verlangte der Gärtner nun die Liebe einer Magd, und noch niemals ist es gehört worden, daß sie eine Bitte abgeschlagen hat, denn nur die Begrabene fühlt ganz, wie süß der Atem und die Tränen der Lebendigen sind.
Freilich nur durch die Gabe, die er selber spendet, wird der Mensch ihrer Hilfe teilhaftig, und ihr Ohr, das geneigt ist wie des gefangenen Vogels Ohr, der auf der Stange sitzt, muß mit der Klage geöffnet werden.
Darum warb auch der Gärtner um sie auf mancherlei Art; denn ob er ihr bewußtloses Teil auch schon herangelockt hatte, wie man die Natter lockt, wenn sie das Haupt über Trank und Speise mit zischender Zunge wiegt, wußte der braune Liebhaber der spielenden Mädchen doch, daß, wer ein Weib gewinnen will, zuerst das Kind in ihm verführen muß – so, daß er also die üppige Blonde, deren Liebling die Kleine war, in ihrem scheuen, dunkleren und zarten Wesen zu erobern gedachte, indem er Proserpina an sich zog.
In dieser Stunde warf er ein Netz von Freuden über sie, Versprechungen, Blumen und sanften Gerüchen, die aus rissigen Händen stiegen – ach, und so leicht es wog, so erwärmte es doch die zitternde Seele wie das dünne Gespinst die sich verpuppende Raupe; sie kroch darunter und schwebte in den Fäden des Todes auch da, wo ein oberirdischer Raum sie wiegte; gleich einer Kindermumie ward sie, wie in Binden hängend, bestattet; und nichts als die farbige Hülle berührte sie nun mehr vom Scheitel zur Sohle.
So mild gefesselt, kehrte sie wieder und wieder zurück an jenen Ort; sie nahm der Mutter die kleinen Gänge ab, welche zu der Wohnung der Gärtnerin oder an ihr vorüberführten, brachte aufgeschossene Fensterblumen hin,

sie umtopfen oder eine allzu blasse Pflanze, um sie heilsamer düngen zu lassen; ja, es gab schließlich keinen Weg mehr für sie, der nicht in das Meer der Blumen mündete und an die steinerne Insel der alten Behausung führte, wo der Bursche Jakob sie abzuholen pflegte, und ihre kleine, dunkle Hand in die seinige nahm.

Von ihm geführt, verließ sie das Gemach der Alten und ging die Mauer entlang nach einem Gartenhaus, welches, aus rohem Holz gefügt, der Sagenort ihrer Sinne wurde; dorthin, wo Geruch und Geschmack sich tastend vermählten mit den öligen Pflanzendüften, und ihr Gehör aufsprang wie die Risse in der Südwand, wenn die Sonne hinabgegangen ist.

Hier lernte sie künftig den Reichtum jener Formen kennen, von denen sie bis dahin nur Keim und Wurzel wußte; und wenn auch die geöffnete und ganz erschlossene Blüte schon wieder nach dem Ursprung weist und wir durch den Duft einer Lilie in den Schoß der Natur zu sinken vermeinen, wurden ihr Bestimmung und Name derselben zwar Boten immer neuer unendlicher Entführung, gleichzeitig aber vertraute sie ihnen um so blinder, als sie die von der Sonne Gereiften unter Menschen aussprechen hörte und wie Lichtstrahlen empfing, die unter geschlossene Lider fallen.

Auch lockte sie [wie Meisen der Speck] die Derbheit des einfachen Mahles, das da dem Gärtner gereicht wurde und aus geräuchertem Fleische, Brot und Früchten bestand; sie aß mit diebischer Freude davon, und während die Mutter das Kind kaum bewegen konnte, nur das Nötigste anzunehmen, teilte es mit dem Freund das schwärzliche Backwerk und trank den säuerlichen Wein aus undurchsichtigen Gläsern, in denen der Druck der Finger zu stehen schien, wenn es sie absetzte und mit Entzücken die randumlaufenden Dellen sah.

An Schnüren waren Zwiebeln zum Trocknen aufgereiht,

ausgeschotete bunte Bohnen standen in zerbrochenen Töpfen auf dem Fensterbrett; in den Ecken lehnten mit der Demut handlicher Geräte Hacke, Schaufel und Rechen; den gestampften Fußboden bedeckte der reinliche Haufen des Bastes, und die flammenden Bilder der Kataloge: hochgezüchtete Malven, fette Pelargonien und große Nelkenarten versetzten die bretternen Wände in Brand.

Hoch hinauf reichte das geerntete Leben; die Jahreszeiten dufteten ineinander und legten im Vorübergehen ihre Gaben auf den Rand des Tisches, und auch das Weibliche fehlte nicht. Mit Reißnägeln hatte nämlich der Gärtner an der Innenseite der lockeren Tür eine Menge jener Postkarten befestigt, welche unter offenen Haaren die puppenhaften Gesichter von Frauen zeigen, die ihre Taubenaugen auf- und niederschlagen, mächtige Sträuße und winzige Briefe an den leicht verhüllten Busen haltend – und von ihnen pflegte er wie von Geliebten zu erzählen, wenn Proserpina neben ihm saß, Erbsen entkernte oder den Bast in dünnen Lagen zusammenknotete. Vielleicht sprach er auch nur mit sich selbst und rühmte die Schönheit seiner Traumbilder: ihre Hüften und Schenkel, die er sich ahnend ergänzte; er erfand die Geschichte ihrer Liebe zu Jakob, dem armen Gärtner, und wenn man ihm glauben wollte, so war jede von ihnen wie aus einem Stern getreten, um ihn zu beglücken.

Hatte bis dahin sein Gesicht dem eines schwärmenden Knaben geglichen, so verdüsterte es sich jetzt von unbegreiflich wollüstiger Trauer, und mit hochgezogener Lippe, die ihn einer mänadischen Wölfin ähnlich machte, berichtete er weiter, wie er eine nach der andern, ungerührt von ihrem Flehen, nach wenigen Wochen wieder entlassen habe, um eine Schönere zu umarmen, die dann über kurz oder lang das nämliche Schicksal erduldete. Denn die Frauen seien wie Jahreszeitblumen und verblühten dem Liebhaber unter den Augen; wenige überdauerten den Winter – diese aber seien meist nur klein und ohne Duft.

Voll Schwermut hörte Proserpina zu und hob die wissenden Augen zu den Bildern auf, die an den Ausgang geheftet waren, sie empfand ihre Schmerzen wie die von längst verstorbenen Schwestern, und ihre Geschichte erschien ihr wunderbar vertraut aus einem früheren Leben; dachte sie aber an den Augenblick ihrer Verstoßung, dann war es immer sie selbst, die durch die Brettertüre ging, überströmt von Tränen und Schmerzen preisgegeben, die sie wie schneidende Schwerter auf der Schwelle zusammenhieben.

Glühend von unverstandenen Leiden, schalt sie dann wohl den Treulosen und befahl ihm, eine aus ihnen für immer zum Weibe zu nehmen; hob sie aber der Gärtner auf die Arme, damit ihm Proserpina die Auserwählte zeige, so erschrak ihr Herz an der lieblichen Qual der Bestimmung und irrte wie das Insekt von Blume zu Blume. Zitternd empfand sie die tiefe und schweifende Lust ihrer Sinne, welche sie auf unaussprechliche Weise mit dem Freunde verband – und nicht nur mit ihm, sondern mit den mondenen Kräften der Natur, mit dem verwandelnden Zauberwort und dem Kreuzweg der Gefühle, die auseinander und in das Dunkel streben.

Beunruhigt, drängte es ihr gelöstes Herz ihm beizustehen; und als er ihr mit gesenkter Stimme zum erstenmal von jener Magd erzählte wie von einer, die niemand kannte als er allein, geschah ihr ganz wie einer Blüte, an deren Haupt die Hummel saugend hängt: seine Klage umschließend, neigte sie sich dem Bittenden zu und empfing an dem gleichen Abend eines langsam erlöschenden Sommertages einen flammenden Strauß roter Nelken, der, mit Bast umwunden, in ihre Hände gelegt wurde, damit sie ihn weitergebe.

Als das Kind um die Dämmerung nach Hause eilte, fand es zu seinem Erstaunen die Räume lampenhell, und über Stiegen und Schwellen wogte Beunruhigung durch die wachsende Fülle der zu verwahrenden Früchte wie das Geläute der Immen, wenn die Honigfracht sich drängt.
Große Körbe, angefüllt mit Pfirsichen und Aprikosen, standen in dem offenen Flur; aus der Küche drang der süße Duft und Rauch des kochenden Obstes und der frisch gebackenen Kuchen, welche man, das Herdfeuer nützend, soeben aus dem Ofen gezogen hatte; Töpfe, Löffel und Quirle glänzten von zerlassener Butter und blasigem Eierschaum, abgewogener Zucker floß über den Rand der Düten, und die verschiedenen Tätigkeiten durchdrangen einander wie Milch und Mehl und vielerlei Gewürze, die in der Schüssel ohne Unterlaß umgerührt werden.
Mit nassem Gesicht liefen eilige Frauen vorüber, und jede von ihnen glich, die Schürze voll Obst, unterm Kranz ihrer Haare Pomona – unsichtbar aber, obwohl überall gegenwärtig, waltete Ceres unter ihnen, und ihre Stimme tönte stets aus der Mitte des Daseins, wo immer sie auch ihre Geschenke austeilte und Befehle gab.
Wie ein verirrter Nachtschmetterling, den die rötliche Helle hereingelockt hatte, flatterte die Kleine, verscheucht von ungeduldigen Worten, hin und her; kostete bald eine aufgebrochene Frucht, bald eine herabgefallene Mandel und fand sich endlich an der Seite der Mutter, die sie streng und liebevoll anwies, den Raum zu verlassen und das Kinderzimmer aufzusuchen, wo sie Speise und Trank und das kleine Bett schon bereit finden würde. Auch versprach sie ihr auf den anderen Abend Lied und Märchen, wenn sie gehorsam sei, prüfte mißbilligend den verwahrlosten Zustand ihrer Haare, aus denen sie Spreu und fliegenden Samen las, und schob endlich das Kind zur Tür hinaus auf den Flur, wo es den Strauß von der Erde auf-

nahm, unentschlossen, doch bald erglühend an dem nächtlichen Abenteuer.

Obwohl die Magd, der die Nelken bestimmt waren, schon des öfteren, den Liebling mit kosenden Namen streifend, an ihm vorbeigeglitten war, hatte es gleichwohl nicht gewagt, der Eiligen die Blumen anzubieten, sondern schlich nun, eine günstigere Zeit abwartend, hungrig und ermüdet auf sein Zimmer, wo in überdecktem Pfännchen zwei gebackene Eier dünsteten und daneben die Hand der Mutter ein schön geschliffenes Glas mit kühlem Obstsaft angefüllt und der Ermatteten hingestellt hatte.

In kleinen Schlücken trank Proserpina von dem Wasser und freute sich der einsamen Mahlzeit; plötzlich aber, ihres Freundes sich erinnernd, hielt sie ein, legte die Blumen vor das Fenster und beschloß, sich hastig entkleidend, die Stunde abzuwarten, wo die Magd in ihre Kammer ginge, ihr heimlich nachzufolgen, und der Überraschten den Strauß durch die Tür zu reichen.

Diesen Augenblick vorauszubestimmen, erschien ihr nicht unmöglich, denn von schlaflosen Nächten her wußte die Kleine, daß sich die Mutter erst zur Ruhe begab, wenn sich alle Räume verdunkelt hatten; hierauf, die Lichtflamme mit der gebogenen Hand umschließend, noch einmal von Stube zu Stube ging und jeden Speiserest sorgsam verwahrte, damit nicht in Mäusegestalt die Unterirdischen kämen. Würde also an Proserpinas Lager die Kerze vorübergewallt und erloschen sein, so durfte sie es wagen, in die Nacht hinauszutreten, die dann von nichts mehr erhellt war, als von dem halben Monde und ihrem flutenden Herzen, das von ihm Licht empfing.

Dies bedenkend, warf sie sich auf das Bett und zog die leichte Decke bis zum Ansatz des Halses empor, entschlossen, dem Schlummer, der sich gleichzeitig über sie breitete, nach Kräften zu widerstehen.

In ihre Augen ergoß die wachsende Finsternis ihre Ströme und wurde wieder gespeist von ihnen mit unsagbaren Schrecken, die aus einem schwärzeren Strome kamen, der älter war als sie, und das Gedächtnis der vorhergegangenen Nächte bewahrt hatte; in ihren Ohren, den weitgeöffneten Muscheln, endete das Geräusch der Dinge und vereinigte sich auf dem Grund mit allem Gehörten, das die Erinnerung ihr zugeflüstert hatte; ihre Lippen aber waren versiegelt und hielten den Schrei zurück, der die Engel zur Hilfe ruft und die Dunkelheit durchdringt.

Aus einem Fiebertraum, der so leicht war, daß das äußere Geschehen ihn unverändert durchwandelt hatte, fuhr die Erschrockene nach Stunden empor und horchte mit angehaltenem Atem auf die friedliche Sprache des Hauses, die allmählich, wie ohne Antwort, verstummte. Noch einmal rauschte das Wasser aus, aber nicht mehr in den Eimer; endgültig schlossen sich mit kurzem Ton die mehl- und zuckerbergenden Laden; ein vergessener Teller klirrte hoch und fragend an seine schlafenden Brüder, doch nicht wie sonst lief das Gespräch die tönende Reihe entlang.

Nun lösten gedämpfte Frauenstimmen einander im Zwiegespräch ab; dann klang die hellere aus und ließ die dunkle zurück; von Schritten hallte der Flur, die Treppe zitterte oben im Gebälk, und der Rundgang der Mutter begann.

Mit allen Sinnen wie auf Libellenflügeln begleitete ihn Proserpina, und geisterhaft schwebend von Stube zu Stube, war es ihr, als ob die Feuertragende mit unendlicher Trauer das Haus nur durchwandre, um ein verlorenes Kind zu suchen, ein entwundenes Töchterchen. Schon hob sich aus ihrem Herzen der Ruf und stieg bis zum Lippenrand, doch die tiefen Winkel des Mundes waren nach innen gebogen, und hoch gewölbt stand der üppige Schlaf darüber.

Wie nach Entdeckung durch eine der Himmlischen, sehnte sich das Kind nach ihr und entsann sich eines alten Märchens, wo, als ein Lichtstreif durch die Kammertür fiel, der reißende Löwe verwandelt ward in eine milde Taube – aber, ach, auch von da war noch ein weiter Weg zu der kleinen Gestalt, die einst voll Vertrauen auf den Armen der Mutter gesessen und nichts zu verbergen hatte.
Unendlich leise atmend, lag Proserpina unbeweglich da und fühlte am stärkeren Lufthauch, daß die lautlose Türe ging; eine zitternde Helle wogte unter ihre Lider, und gedämpfte Schritte nahten dem Kinderbett.
Nun wußte Proserpina die Mutter über sich, doch nicht nur sie, sondern das volle Maß der Liebe, mit welcher der himmlische Vater ein Kind überschütten kann, und bebte in steigenden Tränen darnach, einen Namen zu hören, der von oben genommen war, Herz oder Seele hieß, und den Glanz der Höhe noch an sich trug. Vielleicht zuckte ihr Gesicht in diesem Augenblick, denn die Mutter entfernte sich gleich darauf mit sanft verhaltenem Rauschen und verbarg mit den Händen das Licht, setzte es jedoch noch einmal auf der Schwelle nieder und nahm, umkehrend, Pfännchen und Wasserglas mit, die leicht aneinander stießen. Wiederum hörte das Kind, wie die Mutter vorsichtig stehen blieb und, sich lautlos verhaltend, der scheinbar Schlummernden Gelegenheit gab, die schwache Störung zu überschlafen.
Nun aber hoffte rings in der Runde das einsame Kind nichts mehr. In seinen Augen verbreitete sich die Nacht und bedeckte mit dunklem Mantel die Gestalt einer traurigen Frau, welche hoch und höher wuchs, die Gaben des Lebens still an den Brüsten hielt und in tiefen Gedanken verloren, nicht wußte, daß die Beweinte ihr so nahe war. Alle Vorsicht vergessend, schlug Proserpina die nächtlichen Sterne auf und sah Ceres, abgewandt durch die Tür gehen: sie war ungeheuer groß

und bekleidet mit einem schwarzen, wallenden Gewande; als sie das Licht aufnahm, war es, als ob die goldene Garbe des Sommers auf ihren Armen hinausgetragen würde, und unter den Halmen das Gestirn, das sie gereift hatte . . .
In dem Fensterrahmen aber stand der eisige Mond.

Er zog Proserpina nach sich im Namen Hekates und machte ihre Sohlen sicher wie die von Traumwandelnden; auf allen Schlössern lag er ruchlos hell und wie Schleim der Wegschnecke auf der gewundenen Treppe, die zu dem Dachboden führte; dort aber wurde der bleiche Führer entlassen und abgelöst von einem dunkelroten Schein, der aus der angelehnten Tür der Mägdekammer floss.
Sogleich hob sich das Kind auf die Zehen und schlich, das kleine Gesicht in den Nelken vergraben, bis an die ächzenden Pfosten, die noch heiß vom Tage her waren. Wie Nachtluft wehte sein leichter Körper dagegen und erweiterte den Eingang; nun stand es bereits auf der Schwelle und hob den Strauß empor – aber wie von einem Blitzstrahl erleuchtet, der schon lange in triefender Schwärze wohnte, und sie jetzt schneidend hell entzweite, verharrte Proserpina und schaute geblendet in finsterer Höhle das enthüllte Geheimnis der Frau. Unter dem schräg abstürzenden Dach saß die Magd auf der schmalen Lagerstatt, einer dampfenden Wanne soeben entstiegen, die ihr zu Füßen stand, und aus dem zurückgeschlagenen Linnen leuchtete in rosiger Bräune das feste, in dichter Fülle aufgeblühte Fleisch; warm und gelöst floss ihr herbstliches Haar über dunklere Schultern und bis zum Schoß herunter, über dem ihre Hände entschlummert waren.
Jetzt hob sie langsam und nachdenklich das schön gescheitelte Köpfchen, welches zierlich war und gelockt an den Schläfen wie einer Venus Haupt, und mit sprachlosem Grauen erblickte das junge Weib die nächtliche

Erscheinung des Kindes: verstörte Augen unter wilden Haaren und nackte Füße wie sie Tote haben, die heimlich wiederkehren.
Vielleicht glaubte die Törichte wirklich, das flackernde Leben der Kleinen, um die das Haus noch immer bangte, sei zwischen Mond und Hahnenschrei erloschen oder taste entschwebend nach ihr – denn ohne sich zu rühren, nahm sie in tiefem Erblassen ihr rasches Blut zurück und wurde selber gespenstisch, entfernt und schattenhaft.
Mit kleinen Schritten folgte das Kind der Erlöschenden, und es mußte der Duft der Nelken gewesen sein, die von besonderer Größe und Leuchtkraft waren, unvergleichbar jenen, die der elterliche Garten hervorbrachte, welcher der Angstvollen zuhauchte, daß nicht Tod, sondern Liebe gemeint sei.
Gleichzeitig mit dieser Erkenntnis brausten ihre Lebenskräfte mit derselben Eile wieder her, mit der sie geflohen waren. Übergossen von weiblicher Röte, bedeckte sie sich leicht und griff mit zorniger Bewegung nach dem Strauß. Er löste sich aus der Umschlingung, so daß die Blüten auseinander und zur Erde fielen und in Proserpinas Händen der kühle Bast verblieb. Dann hob die Magd das Kind auf ihre Knie, überschüttete es mit flüsternden Fragen, schmähte bald den Freund, bald liebkoste sie ihn in der Kleinen und sank schließlich trockenen Auges in hilfloser Klage zusammen, die wie Gewitterwind im Tale war, sinnlos kreisend und unfruchtbaren Staub hertragend, bis der warme Regen ihn erlöst.
Längst war Proserpina von ihrem Schoß geglitten und fühlte im weichen Gehör den Wirbel der Lüfte sich fangen, die ihr Kunde brachten von Dingen außer ihr wie einer Fledermaus; sie flatterte scheu und schon geschickt dagegen, sog ihre Beute in den leicht geöffneten Mund und fand als Spinne und Käfer, fest anzufühlen, behaart und geflügelt, die ersten Ahnungen wieder.

Dies also war die weibliche Gestalt in der Vollendung, und an den gerundeten Gliedern, der schweren Brust und den lastenden Hüften erkannte das Kind seine spätere Form und wurde erst ganz zu dem süßen Raub und Namen: Proserpina.
Trauer der Erde, furchtbares Staunen über das enthüllte Geschlecht – wie kurze Zeit nur konnte der mütterliche Mantel dich decken. Gleich den Tannenreisen, die, ehe der Frost noch kommt, über die niedrigen Rosen gebreitet werden, lag er an vielen Orten – wer sollte jedoch den ganzen Garten beschützen? Langsam nur kühlt er sich tiefer, und mitten in der Nacht bewahrt er noch einen Teil seiner Wärme; dämmert aber der Morgen, so sinken nun erst die trostlosen Wege in Starre, und dies war die Stunde, in der die Natternkrone Proserpinas ihr gezeigt ward als Stirnreif aus Mond und giftigem Tau.
Nichts war ihr jetzt mehr verborgen, was in so engem Kreis der Jahre ein Kind zu fassen vermag; und wie ein nächtliches Tier, das die Dunkelheit des Schoßes, dem es entsprungen ist, über seine Geburt hinaus bewahrte und nie verloren hat, bewegte sie sich freier und ungehindert durchs Dichte; sie stieß nicht an, sondern brauchte als Ausläufer ihrer Sinne den schwankenden Zweig, die reißende Strömung, und die Härte der Welt. Weil also für sie offen war, was den Tagäugigen entgegen ist, fuhr sie nun ungehemmt aus durch die Nacht – und allzu lange schon lebte ihr Gefühl mit den Unterirdischen, als daß es nicht, umringt, von gefräßigen Maden, selber durchlässig geworden wäre, und wohl zu gebrauchen für die Absicht der Finsternis.
Auf den magdlichen Nacken setzte das Kind der Herrin seine Finger und bog ihn tiefer mit grausamem Lächeln, das wie Beschlag, auf eherner Maske stand; es knüpfte den Bast als Liebesfessel, wie Jakob ihm befohlen hatte;

umschlang die Goldgelockte und träufelte ihr Eifersucht ins Ohr: erzählte die Legende der wunderbar schönen und traurigen Frauen, die in dem Gartenhaus wie Tauben unter dem Giebel säßen und ihre glühenden Augen Tag und Nacht auf Jakob gerichtet hielten; ergänzte, fessellos schweifend, ihr Schicksal, und wie in Träumen, welche übergehen, sprach es von ihnen abwechselnd als von Feen, die mächtig, und von Vögeln, die so hilflos waren, daß sie, wenn man in die Hände schlug, aufzurauschen, und laut zu schreien begannen.

Mit dumpfem Staunen hörte es die Magd, und ihr mochte zumute sein wie ehemals, als sie in dem Keller ihres Vaters neben den Fässern eingeschlafen war und, von der steigenden Gärung überrascht, in ewigen Schlummer gefallen wäre, wenn nicht die Kerze neben ihr früher ausgelebt und einem Knecht, der mit der Dämmerung vorüberkam, befohlen hätte, sie über die Schwelle zu tragen.

Jetzt freilich war es ein anderer Most, dessen Kraft sie betäubte und ihr das Haupt in schwerem Röcheln vornüber warf – aber gleich jener atmenden Kufe, an der es damals lehnte, war sie selbst ein Gefäß geworden, von reifendem Wein erfüllt, trüb und schwimmend in gestaltloser Süße. Hier war kein Unterchied mehr zwischen dem Saft der Trauben und ihrem eigenem Blute, denn wie man dem künftigen Roten die Schalen beläßt, damit er dunklerer gäre: sank, stieg und wirbelte mit zerrissenen Hüllen Kindheit und erste Jugend durch ihre Adern, und unbeschützt lag ihre Glut in der eigenen Haut.

Zaubrische Keller, von denen uns ein Gleiches berichtet wird, alte Gewölbe, in denen der nackte Wein begraben liegt und nur noch von eisernen Bändern zusammengehalten wird – eure Dunkelheit dröhnte auch um den Leib der Magd, und als das oberirdische Holz der Wiege ab-

gefallen und die Leidenschaft offen war, band Proserpina die Liebesfessel als Bast um ihren Arm.
Indessen fühlte die Magd den Reif und versuchte, ihn abzulösen; doch weil ihre Augen blind von plötzlich quellenden Tränen waren, verfehlte sie den Knoten und streifte die eigene Haut. An dieser Bewegung erzitternd, glitt sie aufs neue liebkosend an ihrem Arm auf und nieder; dann – bis ins schauernde Mark die eherne Fessel fühlend – ergriff sie hastig die Keider und warf sie flüchtig über, hob das Kind auf die Arme und löschte die Lampe aus.
Als die Bezauberte hinunterstieg, barst, ihre Wärme entlassend, die Bodentreppe; bereift von Zucker, standen auf dem Flur die Kuchen, und das Obst war ausgekocht in seinem Saft.
Von solcher Erfüllung gezogen und ihre herdwarme Stätte mit neuen Sinnen suchend, fand die Magd sich in der Küche, die sie kaum erst verlassen hatte, wieder – und als ihr, unendlicher Schwere voll, die Arme am Körper heruntersanken, blieb das Kind auf den steinernen Fliesen fast wie ein Nachtgefühl stehen, vage und überall da.
Das Fenster war weit geöffnet, doch nur Schwärze floß aus dem Bogen der Höhe, denn die Lichter des Himmels hatten sich bedeckt. Ein ruheloser Wind ging durch die Büsche und trug die Geräusche von außen mit menschlicher Stimme herein, den Ruf der Eule, wenn sie weichflügelig über die Erde zieht, und das Pochen der Früchte im hohen Gras. Wie Schritt für Schritt unterm Fuße des Sommers, fiel die versprechliche Fülle ab, das milde Rasen des düsteren Vogels zog näher, und plötzlich war dieser Nacht eine Finsternis beigemischt, wie sie die Faune machen, wenn die Tenne von Spreu und Weizen raucht.
Sie donnerte leise im Ausschlag der Körner, und mit einemmal ragt, so hier wie dort, ein Größerer unter der

Tür, braunhäutig und behaart. Er greift nach der Magd und erblickt nicht das Kind, sie aber flüstert dagegen, und lautlos verläßt er das Haus, geht rings mit dem Sturm um die Mauern und steht in dem offenen Fenster als Baum oder Abendstern. Nun überschwillt er die Brüstung und sinkt in gesättigter Wolke dorthin, wo Proserpina steht; die Füße entgleiten ihr langsam, und bis zu den Knien taucht sie in Schlaf. Sie schwankt und stürzt jäh wie ein Vogel, der steigend hinabfällt in hohle Räume, schlägt lautlos an brausende Wände und findet sich auf dem Grund, zusammengefaltet, wieder; erweichte Schnekken besuchen sie träge und Molche, von deren Gesichtern Schleim abfällt und Schleier, indessen sie näher kriechen – da rauscht noch einmal der Herd, die mütterliche Stätte, und Asche rieselt zur Erde.
Als am nächsten Morgen die schöne Ceres das Wasser hereintrug und den Schwamm, der bei den Fischen gewachsen ist, blieb sie erzürnend stehen vor einem schwarzen Antlitz; doch als sie es abwusch, kam wie ein Guß unter schützender Schale so feste Klarheit unberührt hervor, daß sie ohne Frage das Kind in den Garten entließ. Die Magd aber soll ihr scherzend erzählt haben, wie die Kleine sie am Abend besuchte; doch müsse sie ihr schon auf den Armen eingeschlafen sein, denn als sie vor dem Herd ihre Bürde, um sich auszuruhen, abgesetzt habe, wäre sie schweigend zu Boden und in die warme Asche gesunken.

Nach dieser Nacht, in welche das stürzende Jahr seine Kraft ergossen hatte, schienen alle übrigen leichter, und wie Fruchtkammern, die man zu schließen unterläßt, weil sich nach der ersten Ernte die folgenden wie von selber getragen bringen, waren ihre Tore zurückgezogen. Denn die Spätsommertage gleichen stürmischen Läufern, von denen jeder dem andern die Tracht aus den Händen nimmt, um sie eilig zur Ruhe zu führen; und töricht wäre es, die Einfahrt zu verriegeln, wenn die Sonne hinabgegangen ist; noch kehren verspätete Wagen vom Acker heim, verlieren das allzu hoch Getürmte, und es rollt in den Keller hinunter; der Wind schüttelt abends die Bäume nach, und den ährenlesenden Kindern zeigt die raschelnde Feldmaus in der Dämmerung die vollen Halme an.

Sieben Wochen danach – und aus seinem Schnabel läßt der satte Sperling die Traube fallen; mit blutendem Fell läuft der gejagte Hase in den Hof und darf gegriffen werden; das erschrockene Eichhorn aber springt aus den Ästen des Nußbaums und wirft die Kerne herunter.

Der Erdapfel läßt seinen unterirdischen Stiel, an dem er reifte, los und liegt flach in der Krume; nach der Wärme von Keller und Scheune sehnt sich alles Gebräunte und nimmt seinen Weg wie ein Pferd, das der Landmann abgeschirrt hat: es geht mit geduldigen Schritten nach Haus ohne Knecht und Zügel.

So kamen auch, während der Mond sich zweimal füllte, Geschenke der Liebe und Natur zu dem Gärtner und der Magd und schienen keiner Boten mehr zu bedürfen; auf unsichtbaren Füßen gingen sie hin und her ohne menschliche Bemühung und vertrauten dem Zufall; wie eine Samenflocke, die sich am Morgen vom Boden hebt und gegen Abend in die Erde gefunden hat, fügte sich über Mauer und Gärten die Gabe – und es muß wohl in einem Frühherbst gewesen sein, daß ein alter König drei Federn in die Winde blies, und seinen Söhnen befahl, ihnen nachzugehen wie untrüglichen Deutefingern. Bald trug der Gärtner ein handgenähtes Tuch, bald einen Ring aus glänzendem Achat die Magd, und das Lied, das der Gärtner beim Graben sang, tönte unsicher summend von den Lippen des Mädchens, wie wenn eine Biene es weitergeläutet hätte und vor dem fremden Honigstand verwirrt geworden sei.

Als aber der Himmel sich allmählich entvölkerte, tiefer zu werden schien und von kühlerer Bläue, als die Vögel verstummten und nach weiser Beratung von dannen zogen, verloren die Geschenke ihre Flügel; und nun war es die Magd, die dem Kind unter Tränen die Hände füllte, wenn es zu Jakob ging, den süßen Nachtisch ihm verwahrte, damit es williger sei und dem Geliebten den frisch geschleuderten Honig bringe, den ihr Vater aus dem Nachbarort geschickt, die Meerschaumpfeife, welche sie unter tiefem Erröten von einem wandernden Händler erstanden hatte, und den schön geschnitzten Stock ihres verstorbenen Bruders, ein Geschenk, das hernach noch lange, als der Gärtner mit dem nahenden Winter auf andere Arbeit hinweggezogen war, an der Holzwand des Gartenhauses lehnte.

Das Kind tat auch willig, doch teilnahmslos, worum die Magd es bat; kalt und zurückgelassen in unendlicher Leere sah es, wie der Freund beiseite schob oder lässig benützte, was die Geliebte ihm opferte; und die fühlende Seele schien ihm entschlafen zu sein, wie die Dryade den winterlichen Bäumen. Nicht wie ehemals empfand sie

Mitleid mit einer verstoßenen Schwester, Zorn und Trauer über ihren Verrat; sie verlangte nicht mehr nach dem Troste der Mutter und verhärtete sich in langen Nächten gleich den duftlosen Dahlien und den festen Zinnien, die wie aus Metall geschnitten sind.

Wohl aber freute sie die herbstliche Arbeit. Sie schob den kleinen Rechen die Wege entlang und häufte das Laub zusammen, löste die klappernden Schoten der dürren Bohnen ab und entkernte sie.

Welch leise Rührung, die Beete abzuräumen von Reisern und Stangen, die noch umwunden waren mit gilbenden Blättern, an denen hier und da ein Vergessenes hing: ein leeres Schneckenhaus oder die bereifte Blüte einer kleinen Aster, die zwischen den Hölzern wohnte.

Mächtiges Bild des Herbstes, wenn der Gärtner den Dünger unter die Erde grub und sich mit seinem Rauch die abendlichen Nebel vermischten; eisige Scholle, die nun zur Ruhe ging und, aufgeworfen, noch einmal wie mit blinden Augen – Larven und hohlen Hülsen – zum Himmel starrte!

Kam dann die Dunkelheit, so wurde die Spreu auf niedrigem Karren nach Hause gefahren, und der steinerne Feuerherd nahm auf, was von erdentbundenen Kräften einst durchwaltet worden war. Die zarten Pflanzenleiber bogen sich knisternd in die brausende Flamme, die ihre Form nachfühlte und jenen rötlichen Qualm verbreitete, dessen Duft unbeschreiblich ist und die Liebhaber dieser Jahreszeit von Sinnen bringt: es ist der Geruch des Holzes, an dem das Harz noch klebt, der einer mitverbrennenden Frucht, die man auszulesen vergessen hat, oder einer halben Kartoffel, deren Schale heimlich verkohlt, während wilde Kastanien, die unter das Laub gerieten, mit kurzen Schüssen dazwischen knallen.

Vor dem offenen Feuer saß, in Decken eingehüllt, die alte Gärtnerin und legte mit den abgebrochenen Händen nach, wobei sie unablässig den jungen Burschen schalt, Verwünschungen murmelte und über die wachsende Kälte klagte; oft warf sie auch Räucherwerk in die Glut, das, wie sie sagte, ihr den Atem erleichtern sollte und stechenden Dunst verbreitete.

Niemals war sie dem Kind geheimnisvoller erschienen als in diesen Stunden, wo der Abendfrost es an ihre Seite trieb und es ihr Antlitz nahe sah, dessen unzählige Furchen wie endlose Wege durch ein ödes Gebirge waren.

Indem es sich aber immer dichter an die Alte anschloß und, abschiednehmend von den Blumen, auch von dem Hüter derselben sich langsam entfernte, sahen seine Augen den winterlichen Zauber, um dessentwillen die Gärtnerin in der Stadt und den umliegenden Dörfern als Hexe verschrien und in der Dämmerung aufgesucht wurde.

Zum ersten Mal war es, als ein braunhaariges Mädchen aus der Nachbarschaft eine Henne herüberbrachte, die sich angeblich verlaufen hatte, und mit leisem Schmachten, welches so deutlich war wie das einer dürstenden Pflanze, hinwegzugehen zögerte, worauf das Weib die Ängstliche näher winkte, ihr schweigend ein silbernes Kettchen vom Busen nahm und es zweimal blitzschnell durch das Feuer zog, wobei sie Worte vor sich hinsprach, die selbst für sie ohne Sinn sein mußten, vernunftlos und gewaltig.

Später begegnete das Kind, aufmerksam geworden, noch vielen Frauen dort, welche alle einander darin zu gleichen schienen, daß sie unter äußeren Vorwänden ein verborgenes Anliegen hatten und auf der Tischkante ihren dürftigen Pfennig zurückließen für den Rat und die Hilfe der Alten.

Immer wechselte deren Gebärde: bald verbrannte sie undeutlich sichtbare Gegenstände in den Flammen – Püppchen, wie es dem Kinde schien – bald entzündete sie eine Kerze und ließ auf Bilder, welche die Mädchen ihr brachten, den glühenden Tropfen fallen; immer aber war es der Umkreis des Herdes, von dem die Beschwörung ausging und in welchem sie wirksam wurde.

Oft streiften sich fast die Weiber in dem finsteren Hausflur und sahen einander prüfend und voller Mißtrauen an, das sich mitunter zu offener Drohung steigerte, wie denn auch niemals das Kind einen Aufschrei vergessen hat, mit welchem sich wie gekrümmte und schneidende Sicheln, zwei Feindinnen einst gegenüberstanden; den furchtbaren Augenblick, als es unter der erhobenen Schärfe ihres Hasses hindurch und nach Hause lief, wo die Mutter ihren Flüchtling erwartete und ihn mit großem Blick, der nun den Dingen nicht mehr folgte, sondern ruhte mit den ruhenden Tagen, auf die Knie nahm und ihm ein Märchen zu erzählen begann.

So wunderlich verstrickt in neue Begegnungen, die von der Gärtnerin nach Hause und also Proserpina von Feuer zu Feuer führten, bemerkte sie kaum, daß sich der Freund zu längerem Abschied rüstete; und erst, als er eines Morgens reisefertig dastand und das Bretterhaus abschloß, erfuhr die Bestürzte, daß seines Bleibens hier nicht fürder und der Sommer endgültig gegangen war.

Weil nämlich der ländliche Garten nicht mehr genügend Beschäftigung für den Burschen bot, er auch bemüht war, in fremden Gegenden seine Kunst zu erweitern, nahm er für den Winter bei holländischen Gewächshäusern Arbeit an und fuhr mit befreundeten Flößern, die Gesellschaft in der kalten Hütte zu schätzen wissen, den Rhein hinunter.

In diesem Jahr nun hatte er sich länger verweilt als sonst, sei es, daß seine Herrin ihn nicht entlassen mochte, bevor das Brennholz gespalten und der Keller verwahrt war; sei es, daß eine seiner Frauen ihn mit flehenden Augen zurückzuhalten wußte. Er machte sich daher mit verdoppelter Eile auf den Weg und versäumte sogar, die Reisegabe bei dem Vater des Kindes abzuholen, welche ihm regelmäßig gegeben wurde und weniger Geschenk, als zugebilligte Entlohnung für die Pflege des Gartens war.

So kam es, daß die Magd, welche wie eine vergessene und unermüdliche Blüte allabendlich an der Pforte stand, vergeblich nach ihm schaute, bis sie endlich auf schüchternen Füßen zu der Alten schlich und dort erst erfuhr, was ihr das Kind aus begreiflicher Scheu verheimlicht hatte.

Nur wenige Tage waren vergangen, als die Kleine, von grauen Frösteln geschüttelt, die Schuhe durchnäßt an den Blätterhaufen, nach Hause kam und über den Flur nach der Küche lief, wo sie Wärme zu finden hoffte und das ruhige Gesicht der Mutter.

Als sie ungestüm eintrat, bemerkte sie aber, daß der Raum schon im Dunkel lag und nur von der aufgestoßenen Tür des Herdes flackernden Schein und rauchige Glut empfing. Indem ihre Augen sich an die Dämmerung gewöhnten, fiel ihr ein Schatten auf, der vor der Flamme wogte, und hinzueilend, sah sie die Magd auf den Fliesen knien. Schon öffnete sie den Mund, um dieses seltsame Tun zu bereden, da winkte das Mädchen ihr Schweigen, umschlang sie fest mit dem rechten Arm und warf aus einem Gefäß, das auf dem Boden stand, linkshändig dreimal Salz in die Flammen, wobei sie mit lauter Stimme und im Namen des dreieinigen Gottes den Geliebten beschwor, in drei Stunden wiederzukehren. Dann zog sie das Kind auf den Schoß, und befragt, woher sie wisse, daß nun der Gärtner käme, flüsterte sie den Namen der Alten, sank zurück an die steinerne Feuerwand und schien in Schlummer zu fallen.

Langsam verschwelte inzwischen die Glut und brannte sich tiefer; die Wände zuckten auf und nieder, Gestalten entlassend aus Schatten und Nische; ein Wagen donnerte fernher, von mächtigen Rossen gezogen; an den Häusern schlugen die Fensterladen; das Gartentor klagte, und mit müden Schritten begab sich der Vater auf sein Zimmer.
Es schauerte das Kind bis ins Mark, es bettete sich unruhig in die Wärme der Magd, und deren glühender, fliegender Atem ging einschläfernd auf es über. Trotzdem verlor es nicht das Gefühl seiner selbst, und je länger es wachte, gewannen seine Sinne einen neuen hinzu, in welchem sie alle gesammelt und vervielfältigt waren. Deutlich empfand es, wie vor Gewittern, ein mächtig Nahendes, das wie Wolkenschatten über die Hügel lief, aber auch die Erregung des Raumes, der das Schicksal erwartete und bereit war, es zu empfangen.
Als auf entferntem Glockenturm die neunte Stunde verklungen war, erwachte die Magd, schob das Kind zur Seite und öffnete die Tür, in deren Rahmen der Gärtner stand.
Erschöpft, mit bleichen Wangen und zerstörten Haaren, die an den Spitzen erblaßt zu sein schienen, als ob ihm ein allzu stürmischer Wille in die Locken gegriffen hätte, trat der taumelnde Bursche hinzu und schlug mit dem Haupt an die Wand. Noch waren seine Augen geschlossen, und erst als die Magd ihn anrief, tat er sie mühsam auf in der Richtung des Herdes – hob aber plötzlich wie in Abwehr die Arme, und ein dreifacher Schrei erschütterte den Raum.
Vor dem geschändeten Feuer stand, bebend vor Zorn, die Mutter, stand eine rasende Ceres, herausgetreten hinter der Rückwand, die sie verborgen hatte. Das große Gesicht, auf dem Unheil und furchtbare Strenge thronten, war wie aus Marmor geschnitten und überhell beleuchtet von einer kleinen Lampe, die sie jetzt entzündet in Händen

hielt; von ihrem rauhen Haar floß ein Schleier, den sie bei der häuslichen Arbeit gebrauchte, um sich vor Staub zu schützen und den sie nun überraschend gelöst und an den Enden zerrissen hatte.
Das Licht zur Erde niedersetzend, befahl sie dem Gärtner hinzuzutreten und, aufgefordert, erzählte er langsam, wie das Floß, auf welches er hoffte, schon vorübergewesen sei, ihn ein Kohlendampfer aber gegen Arbeitsentgelt bis zum Niederlauf bringen wollte. Verschiedener Schäden wegen habe sich das Schiff jedoch um einiges verspätet, und unfreiwillig zurückgehalten, sei er täglich durch die Straßen gegangen, an Markt und Dom vorüber und bis zum Hafen hin, wo er stundenlang in einer Schenke gesessen habe.
Heute nun hätte es ihn nicht länger mehr dort gelitten; von Unruhe getrieben, habe er sich, ohne zu wollen, auf den Weg machen müssen und plötzlich inmitten einer glasüberdeckten Halle gestanden, in der es von eiligen Menschen und finsteren Wagen dröhnte. Einer derselben habe Tiere enthalten, die unaufhörlich schrien, und über schmale Flußläufe hinwegschreitend, sei er zu Schafen gekommen und habe sich an das Euter von Muttertieren gepreßt, während ein unaufhörliches Rollen ihn vorwärts und in der Dunkelheit nach einem Ort hinbrachte, den er zu kennen glaubte. Aus der glühenden Höhle der Tierleiber war er sodann gekrochen, als habe er Blut getrunken, und einem Feuerschein nachgegangen, der immer gewaltiger wurde. Im Kern der Flamme brannte eine Frau und schien ihn näher zu winken – er sei hinzugetreten und plötzlich aufgewacht, als wären zwei scharfe Messer ihm in die Augen gedrungen. Jetzt aber wisse er erst, was man ihm angetan hätte.
Hierauf wandte sich, auf den Boden deutend, die Mutter an die Magd, und zitternd nahm diese das Salzgefäß auf, verwahrte es in dem Schrank und klagte in wilden Wor-

ten die Alte an, die ihr solches geraten hatte, den Burschen selbst und ein fremdes Weib, um das er ihr treulos geworden sei.

Eine harte Herrin gebot ihr zu schweigen; eine eheliche und keusche Ceres rächte wie schon seit eh und je ihren geschändeten Herd. Sie befahl der schönen Verführerin, auf der Stelle das Haus zu verlassen, richtete dem Gärtner ein Lager, entschädigte ihn für die verlorene Zeit und gab der Magd, die, zwei Wegstunden entfernt, beheimatet war, Begleitung mit in Gestalt eines alten Bauern aus ihrem Vaterort, der am nämlichen Tag Äpfel zur Stadt gefahren und auf dem Rückweg vorzusprechen verheißen hatte.

Nachdem dies alles geordnet war, entsann sich die Mutter des Kindes und hob ihr Schätzchen vom Schemel tröstend zu sich empor. Doch weggebogen von ihrer Brust, fing das Mädchen zu weinen an, schrie um die Magd und verlangte ihr Bleiben. Die Mutter, erschrocken und zornig zugleich, bedrohte es bald mit Strafe, bald sprach sie gut mit ihm und führte endlich, als nichts verschlug, die wilde Kleine in das Zimmer des Vaters, damit er ihr ernstlicher zurede.

Dies war ein Raum, der, mit dem Blick auf die Felder, ganz abgesondert lag und so stille war, daß man die Schwalben am Fenster nisten hörte. Von den Wänden sahen gedunkelte Bilder und schöne Bücher feierlich herab; Zirkel und Winkelmaß ruhten rein und gerecht neben der hornenen Briefwaage; und mit milden Augen schaute der Vater von Karten und großen Plänen empor, als die Mutter mit dem Kinde hereinkam.

Obwohl er das Zimmer nicht verlassen und er sein ländliches Abendbrot neben sich stehen hatte, schien er um alles zu wissen. Die kleine Tochter wie einen Gast empfangend, bot er ihr Sessel und Kissen an, rückte die

Lampe näher und blieb mit ihr allein. Dann trug er eine schwarze Mappe hinzu, band sie auf und nahm ein Blatt daraus hervor, das, wie er sagte, sehr alt und des Anschauens würdig sei.

Es war ein englischer Kupferstich und stellte jene biblische Szene dar, wo gegen Moses und Aron sich die Rotte Korah empört und von der Erde verschlungen wird. In der ungerührten und fast barbarischen Manier der Zeit sah man die Aufrührer bis zur Hüfte in dem klaffenden Bodenspalt, aus welchem Feuer schlug, stecken, die Fäuste drohend und in ohnmächtiger Abwehr gegen die Führer des Volkes erhoben, die der Erde befahlen, sie zu verzehren wie das Feuer die Wolle.

Den Hergang berichtend, fügte der Vater mit einfachen Worten hinzu, daß diese Leute sich gegen den Namen Gottes versündigt hätten, indem sie nicht auf diejenigen hören wollten, die er über sie gesetzt habe; denn Gott wohne im Licht, und von oben herab sende er seine Boten und Stellvertreter. Wer aber sich selbst erhöbe und mit dem Namen Gottes der Erde entreiße, was der Himmel nicht geben wolle, der tue schwere Sünde. Man nenne sie Zauberei, und die Strafe treffe den Frevler meist an dem Ort, wo er sie begangen habe; wie man denn Beispiele wüßte von Menschen, die aus Habgier oder Vorwitz Gottes Allmacht mißbraucht hätten und auf der Stelle von ihr seien getötet worden.

Darum möge das Kind nicht klagen, daß die Magd ihm genommen sei, denn Unglück zöge sich über dem Haus zusammen, wo solche Dinge getrieben würden – wer aber seinem Engel vertraue, dem wüchsen weit höhere Schwingen zu und ließen bedeutungslos unter sich, was eben noch Wunsch oder Bitte gewesen.

Bei diesen Worten lächelte der Vater, und wie die Sonne nach stürmischer Herbstnacht, ging über der Landschaft des Kindes die winterlich klare Erkenntnis der kommen-

den Tage auf. Nun fiel von den Bäumen das rauschende Kleid der Dryade, und doch war des Holzes lebendiger Bau nicht enträtselt; es lag ein Geheimnis nicht nur in der sinkenden Hülle und wohnte in dichten Gewölben und Kronen von Laub nicht allein – die schweren Gedanken der Schöpfung durchbrachen das wärmende Dunkel und teilten zuletzt noch wie Zweige den Äther in sichtbare Räume auf. Proserpina fühlte, jetzt glichen einander die Wurzeln und Äste, als hätten sich jene vom Abgrund allmählich zur Höhe gewendet, so wie in das Antlitz der Träumenden die Bilder nach Mitternacht steigen und im grauenden Morgen lesbar die mächtigen Zeichen liegen; dann öffnet die Dämmerung wieder die schmerzlich geronnenen Munde und leitet die Tochter der Ceres, gelöst in der Sprache, empor.
Der hohen Belehrung des Vaters auch späterhin still zu gedenken, war, als ob man dem Astwerk am Himmel mit haftenden Blicken folge wie Raupen, die bis zu der Gabelung ziehen: versunken und ahnungslos; dann aber, das Haupt und die Glieder ins ungewisse Leere bäumend, empfinden sie den Anstoß der Lüfte, als ob das Leichteste ihnen plötzlich zur Warnung geworden wäre.
Gehemmt in dem Zug ihrer Taten wie diese, welche die Pfade weichfüßig samten und unendlich vorsichtig prüfen, empfanden Proserpinas tastende Sinne, am Schauer der Rede verhalten, ein Gleiches, ihr Fremdes und doch Vertrautes, das in der beginnenden Stille des Herbstes immer vernehmlicher wurde und endlich, als das Echo der Harken, des Wassers, der Früchte und Vögel fortgezogen und endgültig verstummt war, das Dickicht des Lebens durchdrang.
Ein Durchbruch geschah in dem feinen Gehöre, das, Keimblättern ähnlich, nur diente, die wachsende Sprache zu bergen, an deren Hervortritt es staunend die eigene Tiefe ahnte – so wie man den Brunnenschacht nicht schon

am bloßen Hinabwurf der Schwere, vielmehr an der Umkehr des Schalles, der steigenden Nymphe, ermißt.
In jäher Betroffenheit fühlte das Mädchen, wie stumm jenes Haus der Geräusche, in welchem es wohnte, selbst mitten im donnernden Juli gewesen war und daß nur die Berührung des Windes das bräunliche Samenkorn antrieb, in klappernden Hülsen zu tönen und in den herbstlichen Räumen den Aufschlag des Kernfleisches mehrte, mit welchem der himmlische Kuppler die Ohren der Vögel verführte. Das Leben, so schien es, ward bloß durch den Atem verbreitet, der selbst unterm Flügel der Biene und dem des verkündenden Engels noch fühlbar den Staub überwehte und in der Erscheinungen Mitte, dort, wo an der Wölbung des Gaumens das zögernde Wort sich empfindet, es austreibt und bildet und meint.
Hier ist jene zitternde Schwelle, auf der sich die Erde verdoppelt – zwar nicht, daß man Schwere zu Schwere und Last zu der Last zählen könnte; vielmehr wird ihr dumpferes Dasein weit über sich selber gehoben und reiht sich den Sternbildern zu. Ihr Weg heißt Hindurchgang im Geiste: ein Schatten fällt schwarz auf die Dinge, und an des Unsäglichen Rande erscheinen sie wiedergeboren. Dann kommt auf der anderen Seite die Schöpfung als Sprache hervor.
Das Menschenreich stand in den Worten des Vaters zum erstenmal vor dem Kinde, nun aber wie aus zärteren Stoffen, ein milder Zusammenstrom gleichsam von bläulicher Ferne und Silber, und fest wie der tönende Spiegel des Märchens, der unbeirrbar blieb. Proserpina trat ihm voll bebender Neugier entgegen – doch weil ihr die frühe Bereitschaft zu sinken, schon Übung geworden war, durcheilte sie so seine Fläche, daß jene nicht Zeit hatte, sie zu spiegeln, und das lauschende Mädchen hinter die Rückwand der Worte geriet.
Als ob in die dunklen Beschläge des Glases ein trüberes

Schmelzmetall käme, floß, leise die Sprache bewegend, das Kind in ihr Wogendes ein; es trennte sich, kaum, daß es eben den menschlichen Anruf vernommen hatte, aufs neue, ihn weit überhörend, von seiner Bedeutung und fand sich im bildlosen Kerne daheim.

Wie einst bei den quellenden Tieren entging es der Oberwelt wieder; doch war seine zweite Entrückung gefährlicher und auch tiefer, weil es unbemerkt durch die gewaltlose Sprache fiel. Nichts Äußeres stand ihm entgegen, denn Winter und Worte erweitern, indem sie den Hügeln des Lebens die fernen Umrisse ziehen – und hatte es früher sein Bild im widerstrebenden Teiche, wie Nixen das Schwankleid, gelassen, so war nun zum Wesensgrund selber, in dem die Geschöpfe sich finden, und um das Gewicht dieser Erde das Cereskind schwerer geworden.

Nichts fehlte ihm jetzt mehr zur Mythe als dieses: unhörbar zu werden, nachdem es inmitten der Dinge, wie oft schon unsichtbar gewesen war und wurde es früher; von Blumen, von Gräsern und von den graubraunen Tieren als eines der ihren verborgen, so kehrte sich, was unter Menschen Verständigung wirkt, und sie bindet, Dämonen zuliebe, sich um: es half die Naturkraft der Sprache dazu, Proserpina dort zu verschweigen, wo nur die erst keimende Lippe nach gültigen Rechten geduldet wird und die beredsame verstummt.

Im Schoß der Gestalten begrub sie das Kind unter zaubrischen Namen, aus denen sie selber hervorwuchs wie Bäume aus Wurzelgeflechten – und spielend, als ob eine schwarze Schlange sich leise im Winterschlaf regte, ging Proserpinas flüsternde Seele in die dunkelste Jahreszeit ein.

Es war in den ersten Tagen des Advent, als das Kind die alte Gärtnerin und ihren Herdkreis wiedersah. Schon in der Frühe eines milchweißen Morgens, den die Sonne nur zögernd lichtete, hatte ihm die Mutter von der Absicht eines Besuches bei der wunderlichen Frau gesprochen und statt der leichten Spielschuhe jene gefütterten Stiefelchen an die Füße gezogen, die einen Ausgang versprachen und mit heiterem Knarren seine Schritte begleiteten. Auf einen kurzen Silberblick folgend, hatte sich der Nachmittag wieder bewölkt; es lag Schnee in der Luft und die Ahnung einer Milde, welche in zarten Flocken heruntertauen würde.

Wie es häufig geschieht, fiel diese Erwartung der Natur mit der Jahreszeit und den Gedanken der Menschen zusammen und mochte die Hausfrau an das nahende Fest erinnert haben, denn früher als sonst begann sie, vorzusorgen, und auch der angekündigte Besuch galt einer Erforschung von Wünschen, die man der Alten aufreden mußte, weil die furchtbare Bedürfnislosigkeit des Greisentums keinen Wechsel mehr duldete.

Vielleicht, um Proserpina hinzulenken auf die Freude des Gebens, besprach sich die Mutter bereits auf dem Wege mit ihr und zog sie liebevoll in die Umwelt menschlicher Güte; ernsthaft das Wort an sie richtend, schien sie sich Rat bei dem Kind zu holen, und eifrig erörterten beide, ob es wohl angemessen sei, das zerrissene Schultertuch der Gärtnerin mit einem neuen zu vertauschen oder die zerbrochenen Töpfe und schadhaften Gartengeräte heimlich zu ersetzen.

Als man sich indessen dem verfallenen Wohnhaus näherte, das im Sommer, von Blättern und Bienen umrauscht, einem Hügelgrab geglichen hatte, nun aber wie die Wohnung des Winters selber war, von welcher Schlaf und trostlose Öde sich über den Garten verbreitete, erschauerte das Herz des Kindes und fühlte zum erstenmal jenen eisigen Raum, in welchem Greise mit Göttern zusammenwohnen – besitzlos und allmächtig. Es verstummte, und selbst, als die Alte ihnen mit geschwätziger Freundlichkeit, welche den Zweck des Besuches erraten mochte, aus der Tür entgegenkam, blieb es in Gedanken versunken, die wie stille Gewässer waren, über denen in eiskalten Nächten die Kristalle zusammenschießen.
Zu dem wärmenden Herdfeuer tretend, dessen Schein in dem rasch sich verdunkelnden Nachmittag schon rötlich über den Boden fiel, wären Mutter und Kind fast zurückgewichen vor der Luft, die ihnen entgegenschlug und eine Mischung all jener Dünste enthielt, die sich auf Küche, Keller und Stallung sonst verteilen.
Als hätte sich das Leben aus Furcht vor den kommenden Frösten dicht aneinandergedrängt, hockten, wie gramvolle Laren, die Hühner auf dem strohbeworfenen Boden, den eine Ziege, die in der Ecke angepflockt war, mit ängstlichen Nüstern prüfte; Gerste und Hülsenfrucht stand in offenen Säcken an der Mauerwand; von den Wänden hing, um sie vor Nässe zu schützen, in einzelnen Schnüren die Fülle des gelblichen Bastes und von den Balken gedörrtes Fleisch herunter, das mit Salzlake wie mit Rauhreif bedeckt und in den seltsamsten Formen zusammengekrümmt war.
Erschrocken fuhren jetzt die Vögel auf, und während Proserpinas Mutter ein Fenster öffnete, um das Geflügel hinauszuscheuchen, ergriff die Alte, böse blickend, einen Krug und stieg in den Keller hinab, wobei sie auf jeder

Stufe einen Fuß neben den anderen setzend, mit sinnlosem Kichern verweilte; die Mutter seufzte, ging hin und her und ordnete, den gröbsten Unrat lichtend, Tisch und Bänke; befahl Proserpina, ihr zu helfen und gab dem Kind einen Besen, scherzhaft bemerkend, dies sei wohl das nächtliche Reitpferd der Alten, das bei dem Galopp über Hügel und Hecken seine Mähne gelassen habe.

Mit leisem Grauen ihn über den Boden führend, brachte Proserpina seltsame, doch ihr vertraute Dinge ans Licht, welche die Mutter, unwillig halb und halb erstaunt, betrachtete: Reste von schwarzen Gewitterkerzen, zerstochene Kartenblätter und wächserne Herzen, die in der Nähe des Feuers ihre Form verloren hatten und fratzenhaft ausgelaufen waren.

Dabei geschah es, gerade als die Gärtnerin, den gefüllten Krug in den Händen, wieder eintrat, daß Proserpina einen leichten Anstoß verspürte und unter dem Besen eine glänzende Glaskugel hervorrollte, welche, der Bodensenkung folgend, unhörbar gegen das Fenster lief.

Weil niemand diesen Vorgang bemerkte, vielmehr die Mutter, sich zu der Alten setzend, dem Kind befahl, sich allein zu vergnügen, schlich Proserpina denselben Weg, den die Kugel genommen hatte, und in dem aufdämmernden Gefühl eines Unrechts, das sie begehen wollte, kam es ihr vor, sie wäre katzenköpfig und wandelte ebenso lautlos dahin wie das leise schimmernde Glas. An der Fensterbank angekommen, stellte sie leise den Fuß auf die Gefangene, um sie unbemerkt aufzuheben und fühlte, scheinbar vertieft in den Anblick der käuenden Ziege, die glatte Rundung mit heimlichem Beben; die Gärtnerin aber, im Glauben, daß das Mädchen sich langweile, hob von den Schränken in der Nähe des Herdes ihre staubigen Schätze: Muscheln und Ammonshörner und jene in Flaschen eingelassenen Schiffe, die das Kind schon kannte, rückte den Stuhl vor das Fenster und humpelte wieder davon.

Gehorsam nahm Proserpina die Muscheln entgegen und hielt sie an die flaumige Höhle des Ohrs; sie versank im neptunischen Rauschen und hörte die Rede der beiden Frauen nicht mehr.

Sehr bald überkam sie ein inneres Wogen, das sich brausend verstärkte und wie die Brandung des Schlafes an ihre Sinne rollte; fernher vernahm sie die Stimme des Gärtners, der ihr von dem uralten Meer erzählte, das einst diese Gegend bedeckte. Ein langsam sich drehender Wirbel begann sie anzusaugen, sie fühlte Algen im Haar und glitt an Schiffen hinunter, die mit gefalteten Segeln in blaugrünem Wasser schwammen; blaßrosige Schleier von farbig zerfließenden Tieren berührten sie zärtlich und legten sich ihr an den Körper, als ob sie ihn lange schon suchten – da schlug ihre Schläfe plötzlich hart an dem Meeresgrund auf.

Proserpina erwachte und fand sich am Boden liegend, das Zimmer war leer, und es schien spät zu sein, obwohl eine weißliche Helle gespenstisch den Raum erfüllte. Mit einem Schrei fuhr das Kind in die Höhe und hielt, von Schlaf, Triumph und wilder Freude trunken, in der Hand die Kugel, die es beim Fallen gegriffen haben mußte; sie stand geheimnisvoll im letzten Tagesschein, der auch Proserpinas Finger noch schwach umleuchtete und offenbarte allmählich den Zauber ihrer Tiefe:

In einer kristallenen Höhle, aus der keine Wiederkehr war, weil sie die flüchtenden Blicke an der glänzenden Rundung brach und weiter ins Innere führte, entsprangen opalblaue Flüsse, die sich kreisend ergossen, und zwischen ihnen ruhte, siderischen Bildern ähnlich, ein Zwillingspaar goldener Fische, die, reglos gekrümmt, in der Mitte der Ströme verharrten.

Es war eine einfache Murmel, nicht anders als irgendeine, mit welcher die Kinder spielen; für Proserpina aber ihres Traumes Vermächtnis und ein Unterpfand wirkender Geister. Wie ein Perlenfischer, der die schönste im Mund verbirgt, um sie für sich zu behalten, beschloß sie, den Schatz zu verschweigen; die eigene Kühnheit als reißendes Segel gebrauchend, beging sie, ohne zu zögern, den ersten Raub ihres Lebens und nahm die Kugel an sich, die sie vom Grund ihrer Meere gehoben hatte.

Nicht lange darauf erschien die Mutter wieder, gefolgt von der Alten, die eine Lampe trug und den Rundgang mit heftiger Abwehr begleitet haben mußte, denn immer noch zitterte ihr zahnloser Mund und widersprach freundlichen Vorschlägen, die längst verklungen waren. Sie zu beruhigen, fragte die Mutter, ob ihr denn lieber wäre, man trüge etwas hinweg, als daß sich ihr Hausrat vermehre – verstummte jedoch vor dem furchtbaren Auge der Alten, das sich zuerst auf die Mutter, dann aber wahrhaft entsetzlich auf Proserpina richtete und um alles zu wissen schien. Von dem schwelenden Licht getroffen, vergor es in schwimmendem Weiß wie das erhobene Auge von trostlos erblindeten Pferden; als hätte der bläuliche Apfel die Iris nach hinten gewendet, war Kern und Begrenzung verschwunden, und wie, wenn des Schlafenden Lid in die Höhe gezogen und dem Mondgestirn offen wird, belebte sich langsam die Fläche mit schwimmenden Bildern, dem Strandgut der flutenden Seele, die gräßliche Träume ans Ufer der Wirklichkeit warf.

So starrte sie eine Weile Proserpina an, eine Zauberin, die, hilflos gefesselt an den Umkreis des Bösen, ihre Kunst nicht gebrauchen kann, fiel dann in sich zusammen und stand weder Rede noch Antwort mehr.

Sehr weit und traurig schlug auf entferntem Kirchturm eine Uhr; es wehte kalt durch die offene Tür, und geisterhaft huschten die Hühner mit schläfrigen Flügeln herein. Proserpina fühlte die tastende Hand ihrer Mutter, den Pelz und die wollige Mütze, umfaßte die Kühle der gläsernen Kugel und trat in den Steinflur hinaus. Die weißliche Helle, der Widerspruch des Abends, verstärkte sich immer mehr, und plötzlich drang eine mächtige Blendung breit aus dem ruhenden Garten: ein Wunder war lautlos geschehen und hatte die harte, mühsame Erde ins unbegrenzt Klare gedehnt; sie lag im ersten Schnee, der fast nur milde war und himmlische Gewährung.

Den Fuß von der Treppe, die nicht mehr schallte, lösend, sanken Mutter und Kind in Schweigen. Es war so vollkommen still geworden, daß aus dem Ohr Erinnerung stieg, leicht und unbehindert, weil kein Geräusch mehr dagegenstand; Erinnerung, die sich Proserpina anbot, der Nymphe des Gartens, die endlich unhörbar geworden.

Sie lauschte und fand den Weg zum Innenraum der Töne; er war nicht zu verfehlen, denn ihn erfragen, hieß: schweigen und ihn gehen: selber verschwiegen werden; weil aber der tiefe Schnee den Schritt vor der Frage hinwegnahm, war das Kind schon geleitet, noch ehe es wußte, wohin. Ein leichtes Knistern nur verlor sich in seinem Gehöre und war bereits wie jenes, das Blitzen voranläuft, Erscheinung und Form geworden – Kristalle der Oberwelt brachen und bildeten jählings die innere Höhle des Schweigens, den Ort, wo die goldenen Fische in der Mitte der Ströme verharren.

Nun, da der Winterhimmel die Landschaft überwölbte und keinen Ausweg ließ, schien jedes Geräusch gefangen und ging im Wendekreis, lief rund und pflanzte sich nicht mehr fort wie der stürmende Pfeil; denn Helios hatte den Bogen gesenkt und war in den Wassern ertrunken. Was einst dahinflog aus der Kraft des Sommers – die Vielfalt der Bewegung, die sich anstößt und weitergibt, Gespräche der Natur und des Menschen unendlicher Kanon – dies alles wandelte jetzt umeinander und hatte, wie sphärische Körper, die tönende Bahn seines Laufes als Bild in der Kugel gelassen.

Proserpina sah und hörte, und beides war eins geworden: die gläserne Murmel und diese Wintererde, die sich geöffnet hatte – durchsichtig bis zum Grunde, wohin sich das Schweigen zurückzog. Nicht daß das Kind um jenes Gleichnis wußte und es zu deuten verstand; es fühlte nur schwach, aber ungemein zart und empfindlich, die schwebende Waage der Welt.

Den dichten Schneebehang verwachsener Büsche streifend, erstaunte das Kind, daß nicht die berührten Zweige, vielmehr die ferneren ein feines Rieseln begannen, das aus sich selber fortlief und den Eindruck erweckte, als ob die wirkliche Schöpfung, ihr Flüstern und Kreisen, erst hinter dem Wald der Erscheinungen läge – doch weil derselbe gelichtet war und darum sehr viel leichter, weit rascher als im Sommer erschüttert werden könne.

Mit einemmal war, bedeckt von der flaumigen Hülle, die Erde tief geworden; und das braungefleckte Blatt, das im Hinweg unter Proserpinas Füßen geknistert hatte, schien als Vampir oder Löwe, als Pardel oder Drache nach unten entrückt zu sein, gefährlich sich krümmend in schwärzlicher Feuchte. Ein alter Rechen ragte aus dem Schnee; er hatte sich kopfüber festgebissen mit den rostigen Zähnen, zwischen welchen noch Stroh und Moos hängen mochte oder ein gefallener Apfel samt seinem Gehäuse voll Maden versehentlich eingeklemmt wurde. Ihm nachzudenken war, wie wenn man vor dem Schlafen die Augen fest auf das Kissen drückte und aus dem Kreisen des Blutes phantastische Bilder las – nur daß jetzt nicht allein das Gesicht, sondern auch das geschärfte und durch die Totenstille bis zum Zerreißen angespannte Ohr Verborgenes aufnahm und Nachlese hielt unter den schlummernden Kindern der Erde.

Hier war die Hecke, durch die im Spätherbst noch der Igel schlüpfte, beladen mit blaugrünen Zwetschen, die er wie Beutestücke auf seinen Lanzen trug; dort jener höckerige Stein, in dem die Kröte gesessen hatte, schleimglänzend und feist von Schnecken, die ihren Bauch bewohnten; und auf dem Seitenpfad drüben, der zu dem Ziehbrunnen führte, die Stelle, wo täglich eine Eidechse erschienen war, ein huschender Blitz, der die Büsche zerteilte und dann, wie aus feinen Erzen, ganz unbeweglich verharrte – betäubt von der Sonne bis auf die pochende Kehle.

Sie alle mußten jetzt schlafen; das hatte ihr Jakob erzählt und leise hinzugefügt, daß man keins dieser Tiere erwecken oder vorzeitig ausgraben dürfe, da es sonst nicht mehr Ruhe fände und dem Frevler die Herzgrube beschwere, sobald er sich niederlege; es schwölle dann an mit zottigen Kämmen und Klauen und sauge sein bestes Blut, weil rings keine Nahrung mehr wäre, ohne sichtbare Wunde aus.

Hätte aber einer das Glück und fände um diese Zeit die abgestreifte Haut einer Schlange, einen Maulwurfzahn oder dreierlei Flocken vom Winterpelz der Hasen, Eichhörnchen und Füchse, so könne er große Dinge damit wirken und auf die Fährte vergrabener Schätze kommen – wozu freilich noch der Name des Natternkönigs gehöre, den er vergessen habe. Doch möchte ein Mensch ihn erfahren, so brauche er bloß an dem kürzesten Tage des Jahres aufs Feld hinauszugehen und in der Dämmerung einen Kreis in den Schnee zu ziehen, worauf sich derselbe wie weißer Rauch erhöbe und die Gestalt einer Schlange bilde, die das gekrönte Haupt in Ringen über die Erde führe.

Alsdann müsse der Mensch ein Knie vor ihr beugen und dreimal sagen: »Ich grüße dich, Natternkönig.« Der König würde fragen: »Warum hast du mich aufgeweckt?« Der Mensch hinwider: »Dein Reich ist angebrochen.«

Hierauf die Schlange: »Ist denn das Licht gestorben?«
»Es ist erloschen am kürzesten Tag des Jahres.«
Wenn der Beschwörer dies ausgesprochen habe, müsse er eilends das Gesicht mit den Händen bedecken und sich zu Boden werfen, denn nun erhöbe sich ein gewaltiger Sturm, in dem das Wehklagen aller Geschöpfe über der Erde wie mit menschlicher Stimme enthalten sei. Dies währe jedoch nicht lange und würde abgelöst von einer großen Stille.
Jetzt solle der Mensch den Schlangenkönig bitten, ihm gegen die Augen zu hauchen, sie aufschlagen und hin zu dem Erdkreis sehen. Dort säße nun ein dunkler, doch wunderschöner Mann, das Haupt geschmückt mit einem Flammenreif, und hielte einen Stab in der Hand, welcher oben gespalten sei und in der Gabelung einen Apfel trüge, so daß also Zepter und Kugel in ihm vereinigt wären.
Um ihn versammelt, fände man seinen Hof, die unterirdischen Tiere, als da seien: Gewürm aller Arten, Erdspinnen, Unken und Maulwurfsgrillen, die von eigenem Feuer leuchteten und einen starken Schein über den abgeschmolzenen Boden und den Schnee weiter draußen würfen – rötlichen Glanz, der die Schollen und Steine durchdringe und in der Tiefe das Gold, die fremden Münzen, Waffen und Krüge sichtbar mache, die hier allerorten vergraben seien.
Nun dürfe der Mensch für die Botschaft, die er gebracht, eine Bitte tun. Aber einfältig sei es, andres zu wünschen als den Namen des Natternkönigs; denn ausgesprochen über Zahn und Schlangenhaut, bevor man dieselben zur Nacht unters Kissen lege, lasse er alle Schätze bis Lichtmess im Traum ihren Fundort zeigen – so nämlich, daß der Mensch die Erde offen sähe.
Als bis zu dieser Stelle von Jakobs Erzählungen Proserpina nachgedacht hatte, erfaßte sie plötzlich ein leichter

Schwindel, derart, als ob der Garten um sie gekreist hätte und seine Pforte mit einemmal hinter ihr wäre.
Das mochte wohl daher rühren, daß unversehens die Mutter ihre Hand ablöste, um auf dem Weg zum Ausgang dem Kind voranzugehen; vielleicht war auch das Mädchen im Träumen eingeschlafen und fand sich nun, kurz vorm Erwachen, in jener Lage, die wir alle kennen: wir heben die Füße und kommen doch nicht weiter, denn jeder Schritt scheint uns zurückzuführen.
Schon war die Mutter hinter mächtigen Hängen verschwunden und hatte das Kind zwischen Himmel und Erde verloren – da geschah es Proserpina, daß sie ihr Mühen empfand wie ein Tänzer auf rollender Kugel. Ganz unbestimmt sah sie die kleine Gestalt eines Mädchens, welches sie früher schon einmal erblickt haben mußte – ihr dünkte: am Ausgang der Stadt, wo eine wandernde Truppe einst hohe Seile gespannt und abends im Feuerschein zu grellen Flöten getanzt und gesungen hatte – einen flimmernden Körper, der sich mit zarten Füßen auf einer Weltkugel hielt und sie fortbewegte. Sehr deutlich entsann sich Proserpina nun, daß die Kugel von tiefem Blau und ganz übersät mit Sternen gewesen war, ja fast den Eindruck erweckt hatte, als ob sie durchsichtig wäre.
Wie damals ein fremdes Mädchen, so bog jetzt das Kind seinen Nacken zu dem gewölbten Glanz vor seinen Sohlen hinunter; es breitete spielend die Arme aus, dann spreizte es langsam die Hände und hob, die es eigentlich meinte: die gläserne Murmel mit vagem Lächeln und kleiner Grimasse empor. Doch wie betroffen von überaus klarer Antwort, blieb es tiefatmend stehen. So gibt das Spiegelbild unermüdlich unser forschendes Angesicht wieder und ahmt uns geduldig und ohne Entstellung unsre Bewegungen nach, wie nun die große gewaltige

Erde sich in der schimmernden Kugel unendlich leise verfing.

Indem Proserpina diese Murmel zwischen zwei Fingern rollte, geschah ihr zuerst, als ob sie im Widerschein den ganzen Garten trüge samt seinen zitternden Bäumen; hierauf erschloß er sich mühelos und stand wie das Haus der Fische weit in die erschöpfte Tiefe hinein und leis in den Schlummer der Tiere dem ruhenden Auge offen, bis endlich das Reich und die Herrschaft in der Kugel zusammenfielen: wer sie besaß, dem war die Wintererde und auch der Apfel des Natternkönigs eigen; wohin sie immer entlaufen und wo sie endigen mochte – stets würde sie an ein Geheimnis, an Muschel und Feuerstein, rühren.

Nun glaubte das Kind auch zu wissen, weshalb die Gärtnerin es so böse betrachtet, doch keinen Versuch gemacht hatte, ihm den Raub wieder abzunehmen: es mußte die Macht der Alten sein, die fortgetragen wurde, eine Macht, die das furchtlose, kleine Mädchen an seinen stummen Gefährten, an Kellerfrüchten und Pflanzensamen zu erproben gedachte – frei schaltend unter Geschöpfen, die von den wirkenden Kräften schon lange abgelöst und daher hilflos waren, vergessen wie die Puppe, wenn der Faden, an welchem sie aufhing, reißt; wie die Erdfrucht, deren Stiel verdorrte und die fastende Fledermaus, wenn ihr Gerippe nur noch locker die Haut bewohnt.

Ganz zu beherrschen, die sich nicht regen konnten, obwohl sie im Innersten den Lebenskeim bewahrten, erschien dem Cereskind süß, trotzdem es nicht wußte, warum; wohl möglich, daß es ahnte, wie leicht es nun war, jene Schwachen, von denen nichts blieb als der Name, zu seinem Dienst zu verführen.

Jetzt nämlich, da Kufe und Kelter zur Ruhe gegangen waren, stieg auch die müde Natur zum Schoß der Bilder hinunter und ließ den Menschen von ihren holden Formen nur die Erinnerung und Worte, die vom Gebrauch zugleich ermattet und süßer, wie Blumen zwischen den Lippen und Früchte in Körben, waren: Resede, Kirsche, Rose, Oleander...

Am tiefsten schlummert sie in schon verwandelten Namen: Getreide heißt nun Brot und Traube Wein – doch leicht erweckbar in solchen, die vor dem Aufbruch stehen oder im Tausch der Formen begriffen sind. Was nicht mehr Raupe heißt und noch nicht Schmetterling: die Puppe wurde im Winter Proserpinas liebstes Spielzeug, und mit unzähligen Namen sprach sie das Cereskind an; es fand sie überall und rollte die Kugel nach ihr, nach jenem Zwischending der reifenden Natur, das, wie die Hörner der Schnecke nach beiden Seiten wies; noch zögernd, wohin es sich wenden und welche Bildung es wählen würde, gleichgültig dagegen, wie man es nennen mochte, solange nicht sein Flügel, von dem wärmenden Licht gezogen, in silbriger Bläue, heiterem Gelb oder in Purpur und Braun ausschlug und jeder Name bis dahin noch der düsterne Name Plutons, des Natternkönigs war.

Zu Hause angekommen, verbarg das Kind seine Murmel an wechselnden Orten, die es wie kleine, feuchte Flecke in seinem Gedächtnis hütete – und ähnlich den Zauberkreisen, von welchen Jakob gesprochen hatte, schien seiner Phantasie darüber ein Schneerauch zu wölken und fließender Gestalten willkürliche Formen zu bilden.

Zuerst erkor es die Grottensteine, die bis vor kurzem von dem Wasser des zierlichen Brunnens, den man jetzt abgestellt hatte, getroffen worden waren, nun aber durchnäßt von den schmelzenden Flocken, wie Tropfhöhlen rieselten und das geschwärzte Moos wie Tierpelze über sich zogen.

Am frühen Nachmittag, wenn eine matte Sonne das schauernde Gefühl mit ihrer Gegenwart wärmte, schlich sich das Kind in den Garten und hob, ein lüsterner Engel, die Felsgebilde empor. Da lagen, wie plötzlich geronnene Träume, die starren Käfer in ihrer zerbrochenen Rüstung; erschrocknes Gewürm suchte, eilig sich krümmend, ins Dunkel zurückzugelangen; ein kleines Posthorn aber fing ängstlich zu schleimen an.

Nun tauchte das Kind seine winterlich blasse Hand, grausam und zärtlich lächelnd, in das erweckte Reich; es legte nachdenklich die rosig sich ringelnden Würmer als Schmuck um seine Gelenke und entließ die Lebendigen wieder; hob dann eine flache Grube im feuchten Erdboden aus und setzt die Kugel hinein. Hierauf bedeckte es ihre Rundung mit winzigen Flügelschalen, die wie verlorene Schilde von abgekämpften Kriegern rings unter den Steinen lagen, streute dämmernde Muscheln darüber – sehr kleine Gebilde in abendlichen Farben – überdachte die Höhlung wieder und saß noch lange träumend, mit aufgestütztem Kinn, an dem Hügel, bis die Kälte es fortwies.

Niemals erlaubte es aber, daß seine Kugel länger als einige Tage an ihrem Zufluchtsort schlummerte, sondern wechselte ihn bald wieder gegen einen anderen aus, wobei es ihm nicht auf die Sicherheit des Verstecks ankam, vielmehr nur auf den Hauch und das Geheimnis desselben, fast könnte man sagen: nur auf die Geister, die jenen Ort umschwebten und das, was ihm anvertraut wurde, den Blicken der Menschen verhüllten.

Ein solcher war auch das Kellergewölbe, in welchem der Geruch des klarer gärenden Weines sich mit dem Duft der Äpfel so schwer und üppig vermischte, daß eine Kerzenflamme, wenn man sie hereinbrachte, ihren Lichtkern verkleinerte, weshalb es dem Kind noch verboten war, allein hinunterzusteigen, und es nur herzklopfend einen Befehl übertrat, der seine tiefe Vernunft ihm durch belasteten Atem und matten Pulsschlag bewies.

War es schon unbeschreiblich, die Dunkelheit zu fühlen und

ihre weiche Fülle, wie der tastende Säugling die Brüste, mit beiden Händen zu greifen, so noch viel wunderbarer, den sich erhellenden Sinnen allmählich nachzugehen und langsam zu unterscheiden, was vorher nur Ahnung gewesen: zuerst die mächtigen Augen der silbernen Nachbarkatze, die, zitternd verehrt von angstvollen Nagern, als Kellergottheit in einer Nische saß und eigenes Licht zu verbreiten schien; hierauf das milde Feuer der edlen Goldparmänen, das rostige Grau der Reinetten und die hohe Röte der Rubinäpfel, die in gesonderten Lagen das reine Stroh bedeckten und, jede Berührung vermeidend, in sich selber ausreifen wollten; zuletzt die Winterfrüchte in ihren stumpfen Farben: Erdknollen und gelbe Rüben, die von dem Sturz aus den Säcken noch nachzudonnern schienen, und Weißkraut, dessen Blätter mit Händen und Knien zu pressen, sich Proserpina niemals versagte – in tiefer Kehle lachend, wenn seine Säfte knirschten und sein hartes Fleisch unter ihren Fingerspitzen krachte, als ob die ganze Wollust der Natur in seine Rundung eingegangen und fest geworden wäre.
In diesem Raum, der ebensosehr nach alten Mauern und Mäusen, wie nach Pomonens Körben, nach den verschweißten Röcken der erdäpfelfahrenden Bauern, wie nach den Händen der Ceres, wenn sie Messer und Bohne hielt, rochen, überkam das Kind jene Wonne, die es in Jakobs Hütte schon oft empfunden hatte, wenn seine Sinne den Nektar des irdischen Daseins tranken; nur, daß jetzt Proserpinas Wille zugleich auch auf Herrschaft bedacht war, und dies um so eher vermochte, als hier kein lebendiger Same verschüttet werden konnte, vielmehr, was man immer berührte, schon ausgestaltet war.
Ergriff sie das Larvenhafte, weil es auf seinem Wege den Tod erst sichtbar machte und in verkohlten Formen ihn deutlich hinter sich ließ, so auch die höchste Vollendung der eingeernteten Gabe, die nicht zerfallen durfte

und heim in den Mutterschoß kehren, damit sich der Mensch sein Feuer in der frostigen Zeit erhalte; er, welcher von allen Geschöpfen im Spätherbst seinen Anteil mit Netz und Jagdgerät fordert, die Fische in Öl und das Wildbret auf Eis vor der Verwesung bewahrt, die Früchte in dicklichem Zuckersaft hütet und das eingesalzene Kraut mit Brettern und Steinen belastet.

Ob es das Mädchen verlockte, den angehaltenen Tod, aus welchem der Mensch sich Leben und Wärme ißt, zu befreien? Wie um ein Orakel zu fragen, ließ es die gläserne Kugel leis gegen die Katze rollen, und spielend ergriff sie das leuchtende Tier, bewegte sie bald in dieser, bald auch in jener Richtung, bis sie sich endlich zu den Einmachkrügen oder den Apfelbetten verlief. Dann hob das Kind die Murmel zu der erwählten Stätte, gesellte sie den Parmänen, die es als süßes Gebirge verräterisch über sie häufte, ein anderes Mal den Kartoffeln, den blinden Erdbewohnern – und indem es die weißlichen Augen derselben reinigte und gegen die Kellerluke wandte, dachte es mit bebendem Entzücken daran, daß bald ihre Triebe ausschlagen, und seine Kugel wie von sprossendem Gras umgeben sein würde; entließ es jedoch die Murmel aus der Gesellschaft der Äpfel und sah, daß die braunroten Schwestern, dort, wo sie angerührt worden waren, von weicher Fäulnis ergriffen und einer sanften Verwesung schon überliefert wurden, so schwelgte es nicht minder in unbegreiflicher Freude, welche beide Erscheinungen wollte und frevelhaft Tod und Leben, die jetzt noch bewußtlos geeinten, nach Willkür unterschied.

Ob es nun Keller oder Garten war, die trockene Luft der Bodenkammer, in welcher die gelben Nüsse allmählich dunkelten, und der alte Zirkel des Vaters ein Spinngewebe, das zwischen seinen Armen flatterte, auszumessen schien, oder der scharfe Duft einer frisch geteerten Holzhütte in den Maisfeldern an der Ostwand des Hauses –

stets quollen dort Hekates Brüste von schwarzer Muttermilch über und nährten Proserpinas Findling, das zaubrische Abbild der Erde, mit den Penaten zusammen; sie speisten die mächtigen Ströme der ruhelos wandernden Kugel; vertieften den Schlummer der Fische und lenkten die Bahn ihres Laufes in sich erfüllenden Ringen.

Indem nun die Murmel ihre Wege ging und bald hierhin, bald dorthin zurückkehrte, umgab sie für das Mädchen ein Zauber der Erfahrung, und es war ihm, als ob sie, wie die honigtragende Biene, das Gedächtnis jener Orte bewahre, an denen sie geruht und Staub empfangen hatte. Ja, als es eines Abends, den heimlichen Wunsch im Herzen, sie möge nun selber erraten, wohin ihre Sternenbahn sie noch zu führen gedenke, die Kugel im Garten bewegte, entlief sie seinen Blicken mit einer solchen Eile, daß das Kind nicht zu folgen vermochte, vielmehr nur die Richtung ins Auge faßte, in welcher sie weggeeilt war, und nachdenklich in das Haus zurückkehrte.
Da über Nacht ein Regenschauer fiel, war jede Spur verschwunden, als es am nächsten Morgen den Weg seiner Murmel verfolgte und auf dem schmalen Pfade der Rückerinnerung in ein Gebüsch gelangte, das von drei niedrigen schwarzen Tannen gebildet wurde. Den feurigen Schmerz nicht achtend, welche ihre Nadeln ihm zufügten, kroch das Mädchen darunter und fand sich in einem trokkenen kleinen Raum, dessen bräunlicher Boden angenehm knisterte und von Wärme zu rauchen schien.
Indem sich seine Augen an die Dunkelheit gewöhnten, erblickten sie bald den Umriß der gläsernen Kugel, die sich nur schwach von einem hellen Fleck, der an den Rändern aufgewellt war, abhob, und, hingekrümmt, erkannte es ihn als einen jener Pläne, die, schön getuscht, unter den Händen des Vaters hervorgingen. Diesen hier mochte der Wind ergriffen und auf durchnäßten Flügeln hinab-

getragen haben: seine Linien waren verwischt; die Maße tief erblaßt, als wären sie, an den begrenzten Raum gewöhnt, sich ihrer wahren Größe entsetzt bewußt geworden; und Erdfarbe, Ocker und Rot, hatte die reinlichen Felder auf dem Papier überschwemmt.

Nichts konnte an diesem Bauplan die Neugier des Kindes reizen; als es ihn jedoch unter der Kugel hervorzog und wendete, lag ein zierliches Gebilde vor seinen Augen, das reizvoll verkörperte, was der nüchterne Grundriß meinte.

Es stellte den offenen Anbau zu einem Gartensaal vor, der, wie sich das Kind aus Tischgesprächen der Eltern erinnerte, vergrößert werden sollte – eine Aufgabe, die der Vater, der sonst nur öffentliche Gebäude zu entwerfen pflegte, aus Gefälligkeit gegen den ihm befreundeten Besitzer unentgeltlich übernommen hatte.

Nun war es ihm stets, und so auch hier, eine liebe Gewohnheit, die Entwürfe räumlich erstehen zu lassen, sie zwischen dichtbelaubte Bäume oder vor schattierte Hügel zu setzen und ihre Umgebung mit lustwandelnden Menschen, Hündlein und Pferden zu beleben – denn obwohl er sich dieser Spielerei als einer kindlichen Zwecklosigkeit bewußt sein mochte, wirkte doch unter der Gestalt des würdigen und ernsten Mannes ein überaus heller und leichter, fast ungebundener Geist, der ihn früher in allen Großstädten des Kontinents umhergetrieben hatte, jetzt aber dem Herdfeuer glich, das nur noch manchmal leise zuckt und über den Estrich die Bilder der glühenden Flamme wirft. Auch war der Vater der einzige im Haus, der Musik liebte und eignen Melodien stundenlang nachzugehen pflegte; die Behauptung bestätigend, daß Architektur und Musik Schwesterkünste seien.

Dabei konnte es wohl geschehen, daß ein flüchtig angeschlagenes Motiv ihm den Schlüssel zu schwierigen Entwürfen gab und er vom Flügel weg zu seinen Plänen eilte, um sie nach ihrer Vollendung mit eben jener Melodie zu signieren, die ihm Anlaß der Erleuchtung geworden war – und als Proserpina nun den Bauplan zu betrachten und näher zu prüfen begann, fand sie richtig unter der Bildseite jene wohlbekannten fünf Linien wieder, welche von dem Gesang der auf- und niedersteigenden Noten leise zu zittern schienen.

Einen Augenblick lang schwangen ihre Blicke an den vertrauten Zeichen wie abwärts hängende Meisen, übersahen ein Wort, das darunter seine rankenden Formen webte, und flatterten dann höher, um, als ob Leimruten sie gefesselt hielten, auf der Schilderei zu verharren, die in Wasserfarben gefällig ausgeführt und, weil das Blatt auf der Rückseite gelegen hatte, verhältnismäßig gut erhalten war; eine zarte Verwischung diente nur dazu, ihren eigentümlichen Reiz zu erhöhen und in abendrötlichen Wolken alles zusammenzuschließen: Gebäude, Laub und festlich feiernde Menschen.

An einen großen Saal, dessen gut gegliederte Fenster bis auf den Boden gingen – zwei von ihnen waren als Flügeltüren zurückgeschlagen – schloß eine Halle sich an, von schlanken Pfeilern getragen und mit einer breiten Treppe verbunden, welche hinab in einen Garten leitete, der seinerseits wieder von Blattwerk überdacht war, rankendem Wein, der den immer heller werdenden Dreiklang der Freude vollendete und in das Freie führte.

Überall waren kleine Tische aufgestellt, an welchen die Gäste saßen oder standen – und eine Gruppe näher betrachtend, erstaunte Proserpina über ihren fremdartigen Aufzug, der sie in Tracht und Haltung halb Tieren, halb Menschen ähnlich machte. Junge Männer mit Kränzen auf dem Kopf und Fellen um die Hüften, hielten flache Schalen empor, tranken oder waren schlafend hingesunken; andere wieder eilten mit Krügen umher, schenkten aus oder beugten sich über die Schulter der

Jünglinge, und mit Entsetzen gewahrte das Kind, daß diese Diener gehörnt waren und der untere Teil ihres Körpers in Bocksfüßen endigte – Gestalten, die es sonst nur auf Bildern Satans und seiner Gesellen zu sehen gewohnt war und von einem alten Tafelgemälde in der Pfarrkirche her kannte; dem dreigeteilten Ölbild eines alten Meisters, der die Höllenqual der Verdammten am linken Seitenflügel schilderte. Jene Menschen dagegen schienen nicht zu leiden; vielmehr wandten einige das lachende Antlitz dem Garten zu, wo gelbgelockte Mädchen sich in rasendem Reigen drehten, Pauken und Tamburine über die seligen Häupter haltend.

In der offenen Tür des Gartensaals lehnte, die gebogene Hüfte leicht angestützt, der Wirt: ein unbekleideter, sehr schöner Mann mit weichen Formen, der in der einen Hand einen umlaubten Stab trug, die andere dagegen niedersenkte, eine brennende Fackel zur Erde neigend, die er mit schmerzlich wildem Ausdruck betrachtete. Sofort erinnerte sich Proserpina, daß, wie ihr die Mutter bei einem gemeinsamen Friedhofsgang einst erklärt hatte, die gesenkte Fackel den Tod bedeute – auf welche Weise aber der erhobene, herrlich geschmückte Stab und das ausgelassene Treiben rings umher dazu stimmte, konnte sie nicht verstehen.

Immer wieder kehrten ihre Blicke, so sehr auch Einzelheiten sie ablenkten und gesonderte Gruppen ihre Neugier erregen wollten, zu jener rätselhaften Gestalt zurück, die ihr größer und mächtiger erschien als alle übrigen, geheimer Mittelpunkt der Freuden und Herrscher über die Bekränzten, über Männer, Jünglinge und Frauen. Vor allem waren es seine Attribute, die ihre Aufmerksamkeit fesselten und einander zu ergänzen, ja, ihr vertraulich zuzuwinken und sie aufzufordern schienen, sich ihrer zu erinnern – bis plötzlich ein greller Blitzstrahl die beiden stürzend verband und der Lichtbogen falscher Erkenntnis die Seele des Kindes verblendete.

Dieser fürstlich erhobene Stab, den die gewundene Rebe, am Ende sich gabelnd, umschlang – was war er wohl andres als das Szepter des Natternkönigs, der den Tag auslöscht und seine Flamme herunterstößt in Nacht und Finsternis? Dieser wunderschöne Mann in der Tür: er mußte es selber sein, der große Schlangengott, den man kniend verehrte, wenn er die Fackel senkte, um der Erde Innerstes zu durchleuchten und ihre Schätze sichtbar zu machen. Ihm dankten die Männer das reiche Dasein, ihm jubelten die tanzenden Frauen zu; doch auch die teuflischen Diener gehorchten ihm als Herrn und waren seiner Winke gewärtig.

Dies auszudenken, schien Proserpina Frevel – noch ahnte sie nicht an wem – und halb verlockt von einer Lästerung, um die ihr Herz schon wußte, während ihr Mund widerstand, kehrte sie zu der Betrachtung der schwebenden Melodie zurück, die sie als solche wohl erkannte, wenn ihr auch die Deutung der Noten unbekannt war.

Nur, daß sie Musik darstellten, wußte das Kind, und eine Verbindung suchend zwischen ihr und dem Inhalt der Zeichnung, erfüllten sich seine Ohren langsam und immer stärker mit den rauhen, schluchzenden und wilden Tönen, die zur Zeit der Weinlese und des Maskentreibens an seinem Elternhaus vorüberzogen.

Zum ersten Mal fühlte Proserpina eine tiefe und süße Verwandtschaft mit ihres Vaters Sprache, einen brausenden Flügelschlag, der sie hinunterriß in das dröhnende Meer der ungeborenen Namen; dorthin, wo die schwellenden Lippen des flutüberschäumten Tritonen das blökende Muschelhorn blasen, doch auch der ernste Arion die himmlische Leier schlägt. Diesen freilich erkannte sie nicht und ahnte nichts von dem hohen Gericht, das die

Musik über das Ungesagte und Unaussprechliche hält; von den strengen und reinen Gesetzen, die ihren Leib erbauen und ihn die nämliche Ätherbahn führen, auf der die Gestirne wandeln.
Zwischen beiden steht die menschliche Sprache, aus Wasser und Geist geboren – und mochte Proserpina als ihres Vaters Tochter auch diesem angehören, so war sie doch sehr viel mehr das Kind der ummauerten Flamme, die von Reisig und Erde qualmt und mit gefräßigem Heulen den Zug der Lemuren begleitet, die ihren Weg durch sie nehmen.
Wohl hörte ihr Ohr Melodie, aber nur solche, wie sie die Elemente machen und die Trunkenheit menschlicher Herzen hervorbringt, wenn sie zum Feuer des Weines, zum Flattersturm des Tanzes, in die Woge der Begeisterung und zur Liebe des Abgrunds kehrt.
Eine dumpfe, eintönig wiederkehrende Musik schien aus den schwarzen Zeichen ununterbrochen zu strömen und hinabzustürzen wie aus Gewitterwolken die Regenflut; wie Nachtwind aus hängenden Zweigen und wie das Abtropfen schmelzender Flocken von der Dachtraufe, denen man so lange lauscht, bis sie ein Lied anheben und in verständlichen Worten zu reden beginnen.
Verhüllt und leise klagend, schwoll ihr Gesang vorüber und hatte keine Gestalt als die der brauenden Lüfte – – doch, als ob ein tollkühner Frevler den summenden Hügelelben die Nebelkappe entrissen und sie gezwungen hätte, ihm deutliche Antwort zu geben, erstarrten mit einemmal die überirdischen Zeichen und blieben schwarzgesichtig, entlarvt und rundhäuptig stehen. Ein Wort hatte sie getroffen und ihre Bedeutung enträtselt; wie Proserpina dünkte: ein Name, der unter den fünf Linien, üppig geschwungen, ruhte, und aus wenigen Silben bestehend, jetzt erst in ihren Augen sich zusammenzuschließen begann.

Das Wort hieß EVOË.
Sehr langsam die Lippen bewegend, wiederholte das Kind mit Erstaunen die weither kommenden Laute; und wie auf den Knien der Mutter, wo das kranke Mädchen sich übte, fuhr es mit fühlsamen Fingern die kurze Zeile entlang und wiegte das schattige Haupt im Takte hin und her. Dies also war der Ruf, mit welchem das Volk seinen Herrscher, den Natternkönig begrüßte; es war der geheiligte Name des finsteren Unterweltfürsten, von welchem Jakob erzählte, und der ihn wußte und kannte, der ihn beschworen und »der Erde entrissen hatte, was der Himmel nicht geben wollte« war – hier durchfuhr die Getäuschte das Feuer eines reißenden Schmerzes – der liebend verehrte Vater.
Als hätten vergiftete Pfeile das reinste Gefühl und die zärtlichste Stelle ihres gläubigen Herzens getroffen, schrie Proserpina leise empor und griff in rasendem Jähzorn den zierlichen Bauplan an. Die sonst wie weiches Dunkel, aus Ahnung in Ahnung fließend und schuldlos versinkend, war: die, ach, so leicht entführte und sinnliche Tochter der Ceres ergrimmte wie eine Mänade in scharfen Seelengluten und sah in das blasse Gemälde wie durch einen höllischen Spiegel aus brennenden Eiskristallen; sie hielt ihn in zuckenden Händen und wußte nicht, ob die schneidende Qual, die von den Rändern strömte, Frost oder Flamme war – aber wie das einmal entzündete Feuer nicht nur den Umkreis dessen verzehrt, was es umschlossen hat, sondern den Kern des Lebendigen schwärzt, ergreift und zu sich biegt, so stürzte das letzte Vertrauen auf eine himmlische Güte, welche gleichzeitig Gericht und oberstes Gesetz für Proserpina war, in die grell erleuchtete Tiefe, und das gläserne Lächeln des Bösen warf das zerstörte Weltbild noch einmal höhnisch zurück, ehe es wie warmer Hauch verging.
Mit Nägeln und Zähnen riß Proserpina den Bauplan in

Stücke und trennte in schmerzlicher Lust dem schönen Schlangenkönig Glied von Glied, wobei sie ihn leiden, altern und die Gestalt dessen annehmen sah, von dem sie, wie sie glaubte, betrogen worden war; dann raffte sie, bis auf das Wort EVOË, die kleinen Papierfetzen auf, wirbelte sie empor, und die Äste empfingen als Winterschnee das stille Geheimnis eines leidenden Menschen, welcher wahrhaftig ein Geheimnis wußte und hütete – ein anderes freilich als Proserpina ahnen konnte.

Ach, hätte sich ihr jetzt, als ihrem wilden Herzen die ernsten Worte des Vaters aus weiter Ferne ertönten, auch seine müde Gestalt, sein schon vergehendes Bildnis im Geiste dargestellt; dieser Anblick eines schmerzlich Gelösten, zu dem die Güter des Lebens wie zahme Tauben kommen, weil er sie nicht mehr greift, sondern, Abschied von ihnen nehmend, als Boten gebraucht und mit entbundenen Kräften gefahrlos schalten und walten darf; hätte sie fassen können, was der Vater – ein Sohn des rheinischen Landes, das den duldenden Erlöser unter dem Gleichnis des Kelterers dargestellt, der zugleich Traube ist, – was der langsam Verlöschende ausdrücken wollte mit der Gestalt eines Gottes, der Tod und Leben in einem spendete – vielleicht wäre, wie Pan ihr Führer nach unten hatte sein müssen, das Rauschwort EVOË der tönende Flügel gewesen, der sie wieder nach oben gerissen und unter den Menschen niedergelassen hätte.

Wer kann freilich sagen, daß er die Wege der Schuld zu erkennen glaube, und wer dürfte sich anmaßen über ein Herz zu richten, dem sich der kindliche Glaube an eine Vaterschaft trübte, die ihm bis dahin der Himmel – erhaben und gütig – gewesen war? Denn der einen größeren Namen darstellen und faßbar machen sollte, war vielleicht selber getrübt; nur wenig, aber doch soviel, daß die langsam zerfließende Wolke der Vergangenheit ihn den Augen seines Kindes verhüllen konnte.

So verzweifelte nun Proserpina an dem Licht und der Wahrheit des Wortes, das einst von oben kam; sie sündigte gegen den Geist, indem sie dem Vater mißtraute und löste sich ab vom lebendigen Walten der Schöpfung, das jener als Sinnbild und Gleichnis des himmlischen Vaters vertrat.

Jetzt war die Stunde gekommen, in welcher der Sohn des Abgrunds die Granatfrucht vor Proserpinas Füße rollte und sie unbedacht vortrat aus seinen Purpurfalten, um den Blutapfel aufzuheben, worin der Biß ihrer Zähne stehenbleiben und sie verraten sollte, als sie ihn kostete und die Macht mit dem Herrscher zu teilen glaubte. Doch sie teilte sich selbst und entzweite die unschuldig atmende Natur in ihr, indem sie den Winterschlaf des Gehorsams, der sie in Kälte und Finsternis vor dem Tode bewahrt hätte, unterbrach – frierend und nackt stand sie zum erstenmal zwischen Gut und Böse, ward unterschieden, indem sie unterschied, und fiel im Erwachen den Aufgeweckten anheim: Maulwurfsgrille und Igel, von denen die Sage erzählte, daß sie, einmal gestört, dem Frevler die Herzgrube beschwerten und seine Lebenskraft nähmen.

Noch war sie freilich behütet, und das harte Haus des Winters schloß die gefährlichen Kräfte in Eis und Mauerwerk ein; nichts als der rauhe Schall und Namen der Dinge schlug an die Steinwände an, und das Freudewort EVOE ging wie eine Klapper durch die Kammern, eine dürre Mohnkapsel mit lärmendem Schlaf ...

Aus dem Tannendickicht, wo die Fischkugel liegen geblieben war, kam es hervor; zuerst eine Seifenblase ohne Stiel, die sich auf Proserpinas Lippen formte, dann fest und schließlich ein kleiner Zauberstab wurde.

Mit ihm berührte sie das Vorgeformte. Sie hob die spitzen

Hüte von den Glashyazinthen ab und sah aus den blassen Wurzeln die Kraft nach oben ziehen, wo sie verfrüht eine schamlose Blüte trieb; sammelte auf heimlichen Wegen, was ihr, wie dem Rautengänger das eingeschlossene Wasser, begegnete – kalte Puppen und metallene Blindschleichen, die unter ihrem Hauch und an der Wärme des Ofens aus ihren Särgen krochen; aber auch die Meise fand sie, starr auf dem Rücken liegend, und die traurige Nebelkrähe mit dem erblaßten Schnabel, der sich matt in die Krume bohrte, aus der er das Gift genommen hatte.
Wolkige Tage kamen und lösten sich widerstrebend aus der Schürze der Nacht; verkürzten, gekrümmt, ihre eigene Dauer und bogen sich trostlos, noch ehe die Sonne ging, wieder hinab. Das Wasser gefror, die Fische sanken zum Grund, und die Algen standen still. Jeder Körper zog sich zusammen, das Dichte wurde fest und das Feste spröd: wenn man es anschlug, sprang seine Rinde und klaffte wie altes Gestein, das vom Eis auseinandergetrieben und von der Schmelze bedroht wird.
Manchmal donnerte es in Proserpinas Ohren, als ob in den Aufbruch des Toten die große Tuba sich mische: sie lauschte und erschrak, weil des Vaters Worte herankamen wie Brüllen aus einem Horn; der Engel aber, der es an die geborstenen Lippen hielt, blieb unsichtbar hinter dem Eisgebirge. Zuletzt ward auch der mahnende Donner schwächer und klang nur noch leise nach wie das Klopfen des Imkers am Bienenkorb, wenn er prüft, ob sein Volk nicht erfroren sei; dann bebte die goldene Königin und tauchte tiefer zum Honiggrund.
Bald herrschte sie, bald schien sie eins mit den Unterirdischen – und war sie zuerst noch umhergeschweift und jeder Ahnung spürsam nachgezogen, so wurde jetzt der Kreis, den sie beschrieb, immer enger, und ihre Füße, die

den Boden gekostet hatten wie das Insekt den losen Stand der Pollen, ruhten und sanken ein.
In dieser Zeit wurde wenig nach dem Mädchen gefragt – sei es, daß eine andere Sorge das schweigende Haus erfüllte oder daß im Spiel mit den Puppen und Schleichen sich Proserpina anglich: starr, unzerbrechlich und braun wie die Täfelung wurde, von der das Gesicht der Kauernden sich nicht abhob, während ihre Lippen unhörbar den Faden spannen, der sie einhüllte und ungreifbar machte.
Bald war sie sicher, nicht mehr gerufen zu werden; doch sprach sie nur immer leiser und tiefer in sich hinein. Sie gab den Tieren seltsame Befehle und ernannte Trabanten und Diener unter Asseln, Spinnen und Küchenschaben; ja selbst die Skelette der zarten Grillen, die sie sich vorstellte als kleine Schreie im dürren Gras, schickte sie aus, um das Stumme zu erschrecken und anzuspringen.
So wurde sie, wie in einem Höhlengrab hockend, von Gedanken überlaufen, die käfergleich aus ihrem Munde fielen und wieder zu den Ohren hineinkrochen; sie fühlte die schreckliche Leere des eigenen Gaumengewölbes, das keinen Widerhall tönte, weil jeder Tröstung von außen die Schar ihrer eigenen Worte gewaffnet entgegenstand, und siebte alle Geräusche, so daß nur die leisesten eindringen konnten: das ekelhafte Surren der sterbenden Winterfliege, sehr deutlich vernehmbare Schläge von tödlich erkrankenden Pulsen und der stete Zerfall eines Hauses, in dessen Schränken der Holzwurm und auf dessen Dach in Proserpinas Träumen ein Drache wohnte, der Ziegel um Ziegel herunterwarf.

Nicht lange danach änderten sich die Verhältnisse des Elternhauses, ohne daß Proserpina, nach innen gewandt, etwas anderes vernommen hätte als einen sanften Tumult, ein Reden, Raunen und dann ein fremdes Gesicht:

eine neue Dienerin, die weicher und langsamer ging als alle früheren Mädchen, in eine beklemmende Wolke von scharfen Gerüchen gehüllt war und ab und zu Gläser und kleine, geschliffene Flaschen auf einem weiß bedeckten Brette nach oben trug.

Sie schien auf das Kind nicht zu achten, streifte es nur manchmal mit nachdenklichen, und wie es Proserpina vorkam, bedeutungsvollen Blicken, wie sie Engel in Rosa und Blau auf glänzenden Hauchbildern haben, und setzte ihm Spielzeug und Speise in himmlischer Unwissenheit, gleichmäßig verteilt und gezuckert, mit flachem Lächeln hin. Sie ahnte nichts von Proserpina, und weil die Mutter jetzt selten zugegen war, geschah es, daß die kleinen Gewohnheiten des Kindes, die bei Tisch ernsthaft beachtet und als geheime Lockung stets abgeändert wurden, in Vergessenheit kamen: die rote Kirsche im süßen Brei, die bunte Eiermütze und die alte Kindertasse der Mutter mit dem stürmischen Reiter auf einem Apfelschimmel, dessen Mähne mit goldenen Glöckchen durchflochten war.

Nichts blieb mehr als die Regelmäßigkeit der Stunde und das wohl zubereitete Mahl unter den Augen dieser Neuen, deren Hände herrisch waren, während in ihre gerundeten Wangen eine abgemessene Röte stieg und der Mund sich verkleinerte, ja oft auf lächerliche Weise sich vorzuschieben schien. Bald haßte Proserpina sie, ohne zu wissen warum, und träumte davon, die Vollkommenheit dieses milden Geschöpfes zu zerstören, der Weißlichblonden, die bei der Suppe von frommen Kindern erzählte und dem Vater mit seltsamen Düften und böse funkelnden Tränken so nahe kommen durfte.

Von der Mutter zurückgewiesen, der sie mit zornigen Worten nichtssagende Dinge klagte, erschien ihr das fremde Mädchen als Inbegriff der Menschen, die alle schlimmen Triebe: Haß, Leidenschaft und schwarze Zauberei, ach, und die arme, dunkle, verworfene Natur

streng zu ermahnen wissen und selber schuldig sind – so daß schließlich alle, die Proserpina früher unter dem Bild der Vollendung gesehen oder ehrfürchtig geahnt hatte, eins wurden mit dieser Dienerin: Vater, Mutter und die sagenhafte Frau auf dem Grundstück des alten Schlosses, dessen Giebel im entlaubten Winter sichtbar wurde.
Manchmal geschah es auch, daß Proserpina mit der Fremden ins Freie ging und ihren Weg unmerklich zu dem Besitztum der Gärtnerin hinzulenken wußte, wo sie dann an der Pforte unter mancherlei Vorwänden ihrer Feindin entschlüpfte, bei der Alten niedersaß und mit entzücktem Grauen jene Hände betrachtete, in denen die menschliche Form so unbegreiflich verstümmelt und die Verletzung des Rausches furchtbar gerächt worden war. Die schwarzen Stümpfe bebend anzufühlen und das entstellte Gesicht eines Waisenmädchens, das man der Gärtnerin in Pflegschaft gegeben hatte, zu liebkosen, war bald Proserpinas heimliche Wonne; sie verglich den entsetzlichen Anblick des ängstlich erhobenen Hauptes, in dessen kurzer Nase die dünne Scheidewand fehlte, mit einer großen Blüte, und obwohl sich die Arme jedesmal zu entfernen strebte, wenn Proserpina eintrat – sie wurde übrigens bald darauf aus den düsteren Mauern genommen – gab ihr zertrümmertes Dasein dem Kind einen Anreiz zu kommen, der immer stärker wurde.

Indessen Proserpina langsam verwilderte, auf Zerstörung ausging und böse wurde, zerfiel auch die Ordnung des Elternhauses unmerklich mehr und mehr, als würfe der kindliche Dämon die guten Penaten um. Bald geriet ein Fest in Vergessenheit, bald starb ein alter Brauch oder eine holde Sitte wurde nicht mehr geübt; ja selbst des Vaters Geburtstag, der sonst wie strahlende Sonne alle Hausbewohner erfreute und so nahe an Proserpinas Geburtsstunde heranrückte, daß er sie oft sein Zwillingsschwesterchen nannte, schien wunderlich getrübt.

Zwar dufteten wie immer die vorgetriebenen Blumen, und das Lieblingsgebäck des Vaters: kleine, scharf gewürzte und dunkel gebräunte Mandelmännchen wurden unter alle verteilt – niemals aber waren die gabenspendenden Hände ihres weißhaarigen Freundes der Tochter so fremd erschienen. Es waren Hände, die nur noch geben konnten, seltsam durchblaut von dem Geäst der Adern und so vom Fleisch gefallen, daß der Ehering, der zuerst an den Mittelfinger gewandert war, auch dort keinen Halt mehr hatte, sondern zu Boden fiel und von der erblaßten Mutter schweigend verwahrt wurde.

Einige Male dünkte es Proserpina, als winke sie der Vater heran – sie lief begierig näher, empfing eine matte Liebkosung oder die Hälfte einer Frucht, drängte sich, das Gesicht verbergend, an seine Brust und mußte schließlich mit sanfter Gewalt hinweggeführt und zu Bett gebracht werden, wo sie unter Tränen des Zornes und der Enttäuschung entschlief, bis am nächsten Morgen der Schein ihres eigenen Lebenslichtes sie weckte.

Geblendet sah sie in den Kern der Flamme, die von einem kleinen Spiegel, dem zugewandt Proserpina erwachte, zurückgeworfen wurde. Weil derselbe an Schnüren aufhing und leicht nach vorne geneigt war, gab er ein seltsam geschrägtes und weichendes Bild der Dinge, die sich wie furchtsame Schafe in ihm versammelt hatten. Allmählich drangen sie vor – doch nicht sie selbst, sondern nur ihre Bilder; und plötzlich fühlte Proserpina, daß ihr das Lebenslicht im Rücken stand und sie die Geschenke der Mutter zuerst aus dem Spiegel empfing: den großen Veilchentopf, der jedes Jahr hier blühte, die Flasche mit Himbeersaft, Säckchen voll bunter Murmeln, Sandalen und Bilderbücher.

Schlaftrunken prüfte sie noch, was unter die Lider wollte, als mit dem erweiterten Auge ein Gesicht auf sie zukam, das einer Puppe gehörte, die grelläugig unter weißblonden Strähnen herüberstarrte.
Sie war das Geschenk der neuen Dienerin, welche, ohne Wissen um Proserpinas Puppenhaß, den Lederbalg aufgeputzt und ihm aus eigenen Haaren eine Perücke hatte anfertigen lassen, nun aber mit ängstlichen Blicken zu dem Gabentisch trat und die heftige Gebärde verfolgte, mit der sich das Kind herumwarf, den Hals der Puppe umklammerte, sodann die braunen Hände um ihren Scheitel legte und, furchtbar lächelnd, ihr Haar aufwühlte, riß und zerrte, bis der Leim der Perücke zu knistern begann. Weil jedoch nichts weiter geschah, vielmehr Proserpina die Puppe mit gespreizten und, wie es schien, vorsichtigen Fingern wieder an die Wand lehnte, erklärte man sich jene grausame Zärtlichkeit als übergroße Freude und fragte ihr nicht nach.
Es kam die Frühstücksstunde, an welcher der Vater teilnahm, den süßen Kuchen zerlegte, in den nach alter Sitte das kleinste Geschenk versteckt worden war, und dem Kind jene Scheibe auf den Teller gab, die durch eine dunkle Erhöhung die Stelle anzeigte, wo es verborgen war: ein hölzernes Tier, ein Schüsselchen, ein Herz aus Rosenquarz oder ein zierliches Löffelchen – Dinge, die das Kind sowohl durch die überraschende Art, wie sie ans Tageslicht kamen, als auch durch ihre Winzigkeit entzückten, ja zu seinen besonderen Lieblingen machte.
Diesmal war es, wohlverwahrt in festverschlossenem Kästchen, ein hübsches Taschenmesser mit Perlmuttbelag und gefährlich blitzenden Klingen, deren Gebrauch der Vater dem Töchterchen erklärte, wobei sich herausstellte, daß mit der Gabe ein brennender Wunsch des Kindes glücklich erfüllt worden war. Während man nämlich am gleichen Abend noch die Bilderbücher und das Spielzeug

in den Schränken verwahrte, durften weder Messer noch Puppe hinweggenommen werden – sondern in den Scharnieren geneigt, blieb das scheußliche Nachbild des Menschen auf steifen Beinen sitzen, versuchte ein künstliches Lächeln und hielt das kleine Messer quer über seinem Schoß.

Sehr leise und verstohlen übte sich allmählich das Kind an der Wehrlosen: es schnitt ihr zuerst in den bläulichen Saum ihres Kleides, fügte ihr da und dort unmerkliche Wunden zu, kürzte ihre Zöpfe und wagte es schließlich, mit der Messerspitze die rötlichen Nasenlöcher aufzustoßen, wodurch das zerstörte Antlitz so totenähnlich wurde, daß die entsetzte Kleine die Puppe hinwegzuschaffen und ganz zu vernichten beschloß. Noch ahnte sie eigentlich nicht, was sie im Innersten antrieb – nur daß die Verhaßte begraben werden mußte, erwog sie und schlich sich deshalb am darauffolgenden Abend mit ihr zum Tannendickicht.

Schon roch die Erde nach Wasser und aufgelösten Salzen; ein wilder Duft von Keimen stieg aus der gelockerten Scholle und machte Proserpina rasend. Sie kniete heftig nieder, und in dem dumpfen Gefühl, daß mit der Zerstörung des Hauptes das Wesentliche getan sei, entriß sie ihm zuerst den blassen Schleier der Haare und hob, wie einen Deckel, den oberen Teil des Kopfes vom knirschenden Rande ab.

Nun war das Antlitz entblößt und schien gewaltiger, ja unter der hohen Stirn begegneten ihr die Augen: rund, vorgewölbt und drohend in tödlich erstarrter Bläue, wie Richter ihres Tuns. Von jähem Schrecken entgeistert, stieß Proserpina, in die leere Haupthöhle greifend, die gräßlich blauen Kugeln an ihren Drähten hervor, rechtfertigte ihr Gefühl an den leblosen Federn und Schrauben und warf selbst ihre Furcht so schnell in die Flamme der Rachsucht, daß keine Besinnung mehr blieb.

Nichts, was da lag, glich jetzt mehr einer Puppe, viel weniger einem Menschen, außer ihrer bis dahin noch unberührten, verhüllten Körperlichkeit: der häßlichen Form eines Puppenkindes mit allzu schmalen Schultern und ungeschweiften Hüften, die von verdickten Beinen, wie von Säulen, getragen wurden. Blitzartig erfaßte das Mädchen, was unter den sorgsam genähten, verzierten Rüschen lag; und war bis dahin sein Brennen nur geistiges Feuer gewesen, so schmolzen, von ihm ergriffen, jetzt auch noch andere Kräfte in dem erhitzten Blut. Sehr mächtige Begierde, die Puppe nackt zu sehen, vermischte sich mit der Freude, sie gliedweis zu zerstören; und wie die steigende Sonne im blendenden Hingang des Eises die wilden Säfte anzieht und auf der Bahn der Vernichtung zugleich dem Leben begegnet – schoß nun aus Frost und Flamme, aus Haß und Liebeszorn mänadenhafte Wollust rasch in Proserpinas Hände.

Es war bereits so dunkel im Schatten der Tannenhöhle, daß ihre Finsternis wie Wärme wirkte und die Ahnung eines ringsum geschlossenen Raumes erzeugte, einer tiefen Umarmung, die nach Erde schmeckte und voller Vorgefühl war. Entschlossen zum Äußersten, warf jetzt Proserpina das unscharfe Messer zu Boden und faßte, berauscht vom Dufte des frühlingshaft harzenden Holzes die Puppe um den Leib – dann plötzlich, fremden Schauern ohnmächtig hingegeben, riß das Kind unter kleinen Schreien die zarten Gewänder in Fetzen und fühlte die Lederhaut.

Vielleicht, daß seine Seele noch einmal warnend am Rand der jungen Missetat bebte: Proserpina hielt inne, ihr Rasen gewaltsam zügelnd, und wog die letzte Bereitschaft zu Bosheit und Zerstörung, still auf der flachen Hand.

Ein Rabe flog dicht vorüber und krächzte im Jammerton; das Kind erschrak, und im Schrecken bewegten sich wieder die Säfte und fingen aufs neue zu glühen und rascher zu kreisen an: mit einemmal sah das Mädchen die nächtliche Kammer im Juli, wo es die badende Magd geängstigt und ihr enthülltes Geheimnis erlöschend betrachtet hatte; es schaute die Brüste wieder und jenes Fleisch, das zum Schoß hin sich trauernd verschattete; vermeinte die Schenkel zu fühlen, wie sie, einander bergend, ihr Innerstes verhielten, und glitt unmerklich weiter in traumhaft Nachgelebtes, wo es, von diesem Trugbild nur nicht mehr unterschieden, eins mit ihm werden mußte.

Verstoßen von Pan, dem Geliebten, war es des letzten Sommers versunkenes Idol und trug als schwärende Gifte die nachgereiften Seufzer und sinnlosen Liebesworte von damals in dem Blut; doch weil dieselben nicht Kernhaus und Hüllkelch hatten, zu reifen und in beruhigten Früchten die furchtbaren Kräfte zu lassen, ergoß sich als geistige Täuschung in die dünne Schale des Wortes, was von der Erinnrung gezogen und angerufen wurde.

Verwünschend und selber verwunschen, sah sie den Treulosen wandern, sich an dem Herdfeuer knien und hart verurteilt werden; der Magd auf tiefere Weise als ehemals verbunden, so nämlich: daß Haß und Begierde in ihrem Namen sich trafen wie der hackende Schnabel des Vogels sich mit dem weichlichen Obste – erschien ihr das fremde Mädchen als Nebenbuhlerin und reinere Geliebte der offenbarten Gottheit, die durch den Mund des Vaters sprach oder richtete; ihr Sinnbild war aber die Puppe, entstellt und hingegeben, damit die Eifersucht der kleinen Unterweltgöttin mit ihr verfahre wie Tote, die würgend wiederkehren.

Von neuem den schaurigen Spielen des Blutes überlassen, ergriff Proserpina das gleißende Messer und trennte mit dem ersten Schnitt in die Puppe sich selber vom Nabel der Erde ab, der geistbefruchteten Mutter, die stets

gebiert und bildet, in jedem Tod noch verwandelt und das Gesetz ihres Leibes in dem Menschensohn erkennt.
Sie aber suchte nur noch Vernichtung und Geschlecht. Sie fühlte aus platzenden Nähten das feine Sägemehl rieseln und hielt die zuckenden Hände bald unter sein trauriges Strömen, bald griff sie in die Wunde und faßte das Lockere an; ja, schien es aufzuhalten, damit die pralle Fülle noch eine Weile bliebe. Nicht zufällig glitt sie dabei im Geheimen der trunkenen Vorstellung zu, es könne vielleicht, was sie grauenvoll anzog, schwach unterschieden sein; weil aber zugleich ihre Seele den Wunsch in das Dunkel zurückzog, ward er dort hemmungsloser und führte die zaubernden Sinne zu jenem Kreuzweg hin, wo die festen Schenkel der Puppe, stumpf aneinander stoßend, jene alte Erkenntnis versprachen, die schon dem ersten Kinde süß und verboten war.
Arme Proserpina! Wie vom Biß der Schlange getroffen, fuhr sie zurück und erkannte das schauerliche Nichts. Sie erschrak bei dem Anblick der madenhaften und ganz geschlechtslosen Puppe, wie nur ein stürmisches, wildes Herz jemals erschrocken ist.
Als habe sie nichts wie Jähzorn zu ihrer Tat getrieben, umklammerte sie fester die schlecht vernähten Beine und riß dieselben gewaltsam unter schluchzendem Lachen entzwei, um endlich, angewidert von dem kreischenden Bersten des Leders, sich selbst zum Abscheu zu werden und – wie wir oft tun, wenn wir ein ekles Tier nur halb zu Tode trafen – das Messer zu ergreifen und, blindlings wütend, völlig zu zerfetzen, was am Verenden war.
Dann warf sie Erde darüber und stieß das Werkzeug hinein; erschauerte vor Kälte und plötzlich rinnenden Schweißen; kroch zitternd durch das Dickicht, wobei sie die dürren Nadeln wie scharfe Vorwürfe spürte, und lief erschöpft und keuchend endlich zurück nach Hause, wo sie der traurigen Mutter starr in den Armen lag.

Man brachte sie zur Ruhe, doch nur in den machtlosen Frieden des weißumgitterten Bettes; sie zuckte in Krämpfen, knirschte abscheulich und jammervoll mit den Zähnen und schrie, wenn durch lindernde Tropfen der Anfall wieder gelöst war, das Freudewort EVOË, dasselbe so oft wiederholend, daß endlich die pflegenden Frauen den Vater des Kindes riefen, damit er es ihnen deute.

Durch wogende Fieberschleier sah ihn Proserpina am niedrigen Fußende stehen. Er war so weiß wie das Linnen und schien sich unaufhörlich noch heller zu verklären, um wie die Sonne selber, dann aber, langsam trübend, wie zartes Milchglas zu werden, das jede Bewegung der Mutter schattenhaft einfallen ließ, ja, endlich von ihr durchwandelt wurde. Doch nicht von ihr allein – allmählich ging ein Zug von sonderbaren Gestalten sehr deutlich durch ihn hin:

voran die gemordete Puppe, auf einem Drachen reitend, der einen Weg von Unrat, wie Mohnsamen, hinter sich ließ; auf seiner Spur der Gärtner, von rasselndem Bast umwunden, gefolgt von der launisch lockenden Magd, die sich im Tanzschritt bewegte und flammende Röcke trug, nach denen der Natternkönig bald mit dem Stab zu schlagen, bald schlangenköpfig zu beißen und hündisch zu haschen suchte; dann eine rollende Murmel, auf welcher mit traurigem Lächeln das Kind ohne Nasenwand schwebte, und zum Beschluß die Alte, umflattert von schielenden Hühnern, die sich neugierig näher und näher drängten und »Missetat! – Missetat!« kreischend, mit ihren Flügeln schlugen, bis endlich ein ferner Hahn in den Wolken zu krähen begann.

Wie einst aus den Fiebern der frühesten Kindheit, erwachte Proserpina wieder. Doch der himmlische Vogel verstummte nicht; vielmehr überhob sich die Stimme und wurde dringender; sie schwoll und verwehte wieder, als

ob sie der Wind verschlüge, und stand mit einemmal dicht unter dem Schlafzimmerfenster, wo sie sich von neuem verstärkte und endlich aufwärts raste in heulendem Diskant.
Jetzt saß das Kind auf den Knien und schaute zum Garten hin, der sich verändert hatte und ungeduldig bebte; noch waren aber die jungen Sträucher entlaubt, wenn auch ihre glänzenden Knospen schon mächtig zum Aufbruch trieben, und ließen den Blick auf die Straße frei.
Dort wogte, vom Hügel her kommend, ein schauerlicher Strom tierähnlicher Menschen vorüber. Ein Weib trat aus der Reihe, zog sich mit beiden Händen gewaltsam am Gitter empor und starrte Proserpina an. Ihr Antlitz war flach und gewöhnlich, von fahlen Strähnen umgeben und vollkommen ausdruckslos; es war gemischt aus Nichtsein und überholten Formen, die, öde wie eine Ruine, von dem bildenden Leben verlassen und durchgeistert von frühen Gestalten waren – doch wie in zerbrochenen Kellern oft noch der Duft des Weines, Rausch oder Verbrechen steht, war in den braunen Höhlen der Blick zurückgeblieben: zwei Augen von greller Bläue durchdrangen die Zerstörung und schienen dem schuldig gewordenen Kinde die Offenbarung und Wiederkehr des Frevels zu bedeuten.
Zuerst erfaßte es weiter nichts als das, was vor ihm war: die eingebildete oder wirkliche Drohung einer hilflos zerfallenen Frau; wie aber die Zeit verrann – man konnte kaum von ihr reden, doch Proserpina dünkte sie ewig – schien das azurene Leuchten noch von viel weiter her und schließlich so nahe zu kommen, daß es wie kalter Blitzstrahl zuletzt in sie selber schlug und ihr ein Gefühl mitteilte, als ob ihr im eigenen Haupte zwei gläserne Kugeln säßen und unter ihren Lidern wie harte Fremdkörper rollten.
Dann sah sie, wie das Weib zurückgezogen wurde und,

widerwillig sich wendend, zornige Flüche ausstieß, die ihm wie Geifer vom Munde rannen; hierauf entfernte sich die düstere Reihe wieder und nahm von neuem ihren Gesang auf, bis endlich auch dieser schwächer wurde und in der Ferne verklang.

Ein Erdarbeiter ging vorüber, hielt seinen Karren an und rief, zuerst zum Berg und dann zur Straße deutend, neugierigen Frauen, die sich versammelt hatten, unflätige Worte zu, wobei er mit rohem Lachen sich vor die Ochsenstirn schlug.

Da wußte das Kind, daß es die ersten Züge der Irren waren, die ihre Burg in Besitz genommen hatten. Es legte sich müde zurück in seine Einsamkeit, die nun so verlassen von Furcht und Freude war wie der abgeschmolzene Ring, in dem der Schlangengott wohnt.

Herausgetreten aus dem Kreis der Hügel und aus der Gemeinschaft des Herdes, schien es, entwurzelt und lose, bald ein dryadisches Wesen, bald ein verlorenes Kind zu sein, das mitten in dem Winter das wärmende Dunkel verließ. Als sie den Menschen die weisende Murmel und das mächtige Rauschwort entrissen hatte, um über die Stummen Gewalt zu üben – bedachte Proserpina nicht, daß die Rache der Erde sie später heimsuchen mußte? Frühling und Sommer würden donnerhäuptig heraufsteigen, und in den Händen die gekoppelte Flöte halten; sie würden Proserpinas Antlitz mit grünender Wolke bedecken; auf ihre Zunge den vollen Geschmack der gärenden Samen legen; ihre blinzelnden Augen mit Blütenstaub füllen und ihre kleinen Ohren betäuben mit dem Schall der verwirrenden Syrinx. Dann mochte sie immer sich zu den Menschen, zu ihren Beschützern, kehren – vergeblich! zur Erdschaufel würde das himmlische Zepter der Sprache, sobald es die Unterweltgöttin in ihrer Not gebrauchte, und schreiend grübe sie sich den Grund ihrer sinkenden Füße aus.

Vollendetes Schicksal: sie stürzte und läge bei Pluton, dem Herrn des unendlichen Schweigens; und während ihm Zorn und Begierde die ehernen Lenden erfüllten, zerbräche der Adel des Hauptes, die feste Vernunft; und wie Daphne einst floh vor der schöneren Gottheit, so wehten die kindlichen Züge gleich Blättern ins Leere hinüber; es wüchsen ihr schwankende Zweige und glänzendes Laub aus den Gliedern – und gerächt wären beide: Geist und Natur.

Die Tage kamen zögernd und gingen mit helleren Säumen; wenn die Wolken am Morgen zerrissen, brach der frische, blasse Himmel wie junge Haut hervor, und in der Bahn der untergehenden Sonne flogen die Wildgänse mit langgestreckten Hälsen nach Norden.
Nun mehrten sich die Zeichen der Verwandlung: der Plaudermund des Brunnens ging wieder auf und nieder, und, blank vor Nässe, glänzte der grüne Feldsalat aus der Schürze der Magd; die immerblühenden Stiefmütterchen entrollten den Rand ihrer Blätter und schienen freundlicher; aus dem bereiften Gras kam, zitternd vor Unschuld, die Hornungsblume hervor, und über den Veilchenbeeten wehte ein Duft, der aus der Tiefe zu dringen schien, als hebe und senke sich dort, in schon erleichtertem Atem, die Brust der schlummernden Kore.
Bald hörte Proserpina aufs neue den Namen des Gärtners fallen, und er scholl ihr verheißungsvoll entgegen wie der Gesang der Reifen und der rascher tropfende Aufschlag der ungeduldigen Bälle – Geräusche, an denen noch immer das Ohr vor dem Auge den Einzug des Frühlings erkennt.
Jetzt rollte das Leben hervor und war rund und prall in dem fetten Keimblatt enthalten; es krümmte sich, gebogen wie ein gefährlicher Haken, in jedem Blattstiel ans Freie und schien, sich üppig entfaltend, an einem Übermaß von Kraft geborsten zu sein, einer rätselhaften Fülle, die still genährt worden war und für das wartende Kind bald wieder Jakob hieß.

Der Gärtner kam und begrüßte es wie der Feldgott den stürzenden Pflug, der ihm die Erde öffnen soll und den Winter über nichts von seiner Schärfe verloren hat. Er hatte vielfältige Samen mitgebracht, und ihr Duft, der wie Milch und Eisen war, quoll durch die kleinen Düten und erfüllte, gleich einer Wolke, unter welcher der zeugungslustige Pan sich verbirgt, das bretterne Gartenhaus: Duft des Samens der gelben Rübe, der in den Boden verliebt ist und sich mit winzigen Krallen an ihm verankert, würziger Geruch, der ihm entströmt und von einem flüchtigen Öle herrührt; Duft des Stiefmütterchensamens mit dem fleischigen Anhang, den die Ameisen forttragen in ihren Bau; Aurikel-, Reseden-, Nelken- und Glockenblumenkorn, das in schwärzlicher Schale ruht, plattkugelige Hülle des Spinats und runder Same der Kürbispflanze, die den Misthaufen sucht und auf dem düngerbeworfenen Dach der Laube die goldenen Bälle treibt.
Nach Art und Namen lehrte der Gärtner das Kind, was er aussäte, kennen; und bald übertraf es den Meister. Auf flachen Händen wog die Unterweltsgöttin, was sich hinab zu ihr sehnte, und ohne die Lider zu öffnen, erkannte sie das blinde Korn und fühlte entrückt seinen leichten Bau: das wulstig geriefte Samengebilde der Kapuzinerkresse und die angequollene Erbse.
Was zuerst aus der Düte floß, gehörte ihr zu – und weil wunderbar auftrieb, wovon sie zwischen den Lippen gekostet hatte, ließ sie der Gärtner, bevor er das Land bewarf, ein Korn jeder Aussaat öffnen; er verband ihr, ob ihm auch grauen mochte, die Augen, und über die Beete geneigt, rief das Kind den schlummernden Keimen zu.
Sie kamen eiliger; dann aber standen sie geil und üppig in ihrem Namen und wollten nicht Frucht ansetzen, obwohl schon alle Triebe in glasigem Grün ausschlugen und, wenn man die Stengel abbrach, einen farblosen

Saft entließen, der die Hände sogleich befleckte und scharf auf der Zunge war.
Als ob auf die Zeugung des Frühlings die Erde mit einer matten und leeren Schwangerschaft, die um ein Nichts sich wölbte und auftrieb, geantwortet hätte, besetzte sich aber der Garten mit kriechenden Gewächsen, die sich kraftlos am Boden wanden oder dirnenhaft den Starken, der sie emporzog, erdrosselten, doch jedem Versuch, sie zu roden, hartnäckig widerstanden: der Mäusedarm umschlang, auf dem Wege liegend, sich selbst mit unzähligen Armen und öffnete kleine Blüten, die weiß und duftlos waren; blaumäulig erschien der Gundermann und versuchte sich aufzurichten; die rote Zaunrübe aber, deren lappige Blätter die Rebe äffen, indessen ihre Wurzel die Form der Alraune bildet, erklomm die Erbsenreiser mit ihren dürren Armen und sah, noch blütenlos, auf halbem Weg zurück:
Das Erdreich glich einer Wildnis und war überwuchert von Pflanzen, die der Gärtner nicht glauben mochte, weil sie auf seinen Beeten noch niemals heimisch gewesen und nur, wie er sagte, durch Zauber hierhergekommen sein konnten – von Gauchheil, der unter der Saat wächst, und Vogelknöterich, verschleppten Kletteteilen, die auf den jätenden Händen wie braune Bettler saßen, und Wegerich, den Siedler, den des Menschen Fuß am Eingang des friedlich umzäunten Landes undankbar hinter sich läßt.
Wie eine bedrohte Insel, die stündlich weniger wird, weil sich die Elemente ihr Teil zurückerobern, verkleinerte sich der Umkreis des mühsam Angebauten, und ohnmächtig mußte der Gärtner sehen, wie selbst die alten Mauern von efeublättrigem Leinkraut so stark bevölkert waren, daß, nun sich die Grenzen verraten und aufgegeben hatten, weder Arbeit noch Fluch mehr helfen wollte, und er zornig zu sagen pflegte, hier habe ein anderer

Rachen den Samen zwischen die Steine und Sandkörner gespien – denn des Leinkrauts Verbreitung ist diese: daß es, verblühend, sich der Mauer zukehrt und aus gezahnter Kapsel die kleinen Körner verstreut.

Von Wiese, Ödland und Ackerfurchen wanderte das Unkraut ein, umschlang die Füße des Gärtners und schien den begrenzenden Heger und Erdbebauer zu höhnen: Quecke, Wollgras und Ackersenf, die dem Menschen feindlich gesonnen sind, weil er um so mehr sie zu vernichten bestrebt sein muß, als er anfängt, seinen Kindern ein Vater zu werden, und liebevoll den Weinstock an die Mauer des Hauses bindet.

Oft stand der Bursche sehr lange unbeweglich und wie in Stein verwandelt inmitten der Wildnis da; auf den Spaten gestützt wie ehemals, als das Kind durch ihn hinuntergerissen und den Schatten zugesellt wurde, schien er sich vergeblich darauf zu besinnen, ob er Jakob wäre, der Gärtner, oder Pan, den die weiche Natur in ihre Umarmung zog; seine Haut wurde grau wie Stein, und sein Mund blieb leicht geöffnet stehen, als ob er, wie das Nistloch der Elstern, mit einer magischen Wurzel geöffnet worden wäre – nur daß er jetzt Fragen stellte, wo er früher geantwortet hatte.

Bald sann er auf Gegenzauber: über den Eingang des Gartenhauses malte er zuerst mit Kohle, dann aber, nachdem ein spottender Regen sie noch am gleichen Abend verwischt hatte, mit grober Kreide die Namen der morgenländischen Weisen; bewarf die Wege mit Beifuß und band Stricke, die er vor Sonnenaufgang durch fließendes Wasser gezogen hatte, um die Bäume. Doch wollte nichts verschlagen; vielmehr triumphierte das Unkraut noch höher als zuvor und schien, wenn es der Gärtner unter Verwünschungen ausgerauft hatte, einen unterirdischen Stengel zurückgelassen zu haben, der doppelt und dreifach die erste Pflanze ersetzte. Dann sah er manchmal furchtsam und scheu und wie aus gewaltsamen Träumen nach der kleinen Proserpina hin; und obwohl er niemals gewagt hätte, das Kind zurückzuweisen, mußte doch bei seinem Anblick ohnmächtiger Zorn seine Brust erfüllen: es saß an der Erde, die nutzlosen Pflanzen liebkosend, und sang ihre Namen, die es dem Gärtner abgelauscht hatte, eintönig vor sich hin, wobei es häufig geschah, daß es Silben verschiedener Worte willkürlich zusammensetzte, als ob es sich bemühte, immer neue Gewächse hervorzubringen, welche [wie unsichtbares, doch heimlich würgendes Netzwerk über den Garten geworfen] die Entfaltung des edlen Himmelsschlüssels, der aufrechten Tulpe und der klaren Narzisse zu hindern schien.

So kam es, daß das Mädchen, welches die scheuen Bewohner des Ödlands unter die Stauden zu locken wußte und mit der plötzlich wachsenden Flut wie ein Kind am Meeresstrand spielte, dem Mann, der seinen Garten verwüstet und das Sichere niedergerissen sah, zum Sinnbild des Todes werden mußte, den man nicht redlich bekämpfen, sondern nur überlisten kann. Gleich jenem gelehrigen Arzte, der, das Sterbebett umkehrend, den Schrecklichen um seine Beute betrog, suchte er nach einem Wort, das mit der Kraft der Vernichtung auf Proserpina zurückschlagen könne – und eines Abends fand ihn das Mädchen über flammende Kataloge gebeugt, die er durchblätterte, bis endlich, auf der Rückwand eines schon beiseite geschobenen Heftes, ihm jene Strophen in die Augen fielen, die, wunderlich genug, gerade hier sich fanden, wo, unter dem Abbild der Blüte, das Leben gepriesen wird.

Niemals hat das Kind sie vergessen und den Umstand, der sie begleitete. Es duckte sich hinter den hängenden Bast und sah durch verschobenes Gitterwerk zu seinem Freund hinüber, der, weil ihm verboten war, in dem Bretterhaus Licht anzuzünden, dicht an den Scheiben lehnte. So hatte das schmerzlich gefesselte Haupt der panischen Gottheit schon immer vor Proserpinas Fenster gestanden – so stand es jetzt auch am Ende vor trübem Glas zwischen hölzernen Leisten, die angequollen waren, und während das grauschwarze Abendsegel den Gärtner reißend verdunkelte, las er mit fallender Stimme die folgenden Worte vor: »Habt ihr das stille Kind gesehn durch unsre Fluren einsam gehn? Weiß ist sein Kleid, bleich sein Gesicht, woher es kommt, man weiß es nicht. Von Maßlieb trägt es einen Kranz, seine Augen haben keinen Glanz. Es hat in der Hand einen braunen Stab, damit schlägt es die Blumen ab. Und überall, wohin ihr blickt, da findet ihr Blumen abgeknickt. So wandelt's da, so wandelt's dort, mit keinem Menschen spricht's ein Wort. Mit sich nur spricht es, wo es geht, doch Worte, die kein Mensch versteht. Ein Bauer gab ihm einen Schlag, der redet irr seit jenem Tag.«

Als der Gärtner geendet hatte, war es so still in der Hütte, daß er glauben mochte, allein zu sein; denn unwillig schlug er das Buch zusammen und warf mit verzweifeltem Lachen den Kopf auf beide Arme, die er vor dem niedrigen Fenster verschränkte. Schon stieg, halb verdeckt von streifigen Wolken, die zerbrochene Mondsichel auf und hob sich blaß aus den gekrümmten Schatten, als habe sie Schlangenköpfe geschnitten. Der hängende Bast fing leise zu rascheln an, und in der geöffneten Tür stand die Alte, von einer Botschaft entgeistert, die ihre schlaffen Kiefern haltlos erbeben machte, und fragte mit heiserem Flüstern nach dem verschwundenen Kind.

Es hörte den Burschen antworten – seine Stimme kam, weil er zum Garten hinaus sprach, wie über den Beeten her – das Mädchen sei schon lange von hier fort und wohl nach Hause gegangen; er aber höre gern andres als ihr tägliches Unken und Krächzen; auch sei er müde vom Jäten und denke bei jener Braunen, die sie ja kenne, zu

schlafen. Sie möge ihn nicht erwarten und das Gartentor ruhig verschließen, da er am frühen Morgen schon über die Mauer käme.
Das Weib erwiderte ihm mit einem bösen Gurren; dann, ihre verkrüppelte Hand auf seine Schulter legend, begann sie dem Abgewandten ein Schreckliches zuzuflüstern und, als er zusammenzuckte, mit erhöhter Stimme fortzufahren, sie täten wohl beide gut daran, sich erst noch zu erwärmen, bevor sie die folgenden Tage ans Kränzebinden gingen. Er solle ihr Wein aus dem Keller holen und von der hinteren Hauswand schon Efeuranken schneiden, damit sie anfangen könne. Ob es denn wirklich zu Ende gehe, entgegnete Jakob darauf. »Wenn heute nicht, so morgen«, versetzte die Gärtnerin mürrisch in ihrer alten Weise und ging wie ein riesiger Vogel mit hängenden Flügeln davon. Der Bursche aber schwang sich, den geschmeidigen Körper verkleinernd, durch das ächzende Fenster hinaus.

Als hätten die Worte des Gärtners Proserpina verschlungen und nichts als ihren Schatten zurückgelassen, hob sich das Kind auf die Zehenspitzen und fühlte mit vorgestreckten Händen die leere Finsternis, die keinen Widerstand bot, weder Tür noch Mauer entgegenstellte, sondern ringsum zurückzuweichen und geisterhaft lose zu werden schien. Sehr weiße Nachtlichtnelken wandten ihre Häupter vom Wegrand nach ihm hin und waren wirklicher; ein schwerer Falter taumelte nieder und saß auf seinen Fingern, flog abgeschüttelt zum Lippenrand und wurde mit dem Atem weitergetragen; furchtlos, als ob er nichts fühle, umflatterte er das Kind und schlug ihm gegen die Schläfe.
Das Haustor öffnete sich und goß eine breite Lichtbahn wie geschmolzenes Erz auf den Pfad; getroffen von riesiger Helle, blieb das Mädchen gefesselt stehen und er-

wartete, seinen Namen zu hören: einen blendenden Augenblick lang erfüllte der Rücken der Greisin scharf und geschrägt die Tür; dann wurde sie geschlossen, die schwarze Nacht fiel zu. Erschrocken lief es weiter und trat in verzweigtes Unkraut, das seine Füße festhielt und die Flüchtende erkannte – als sei es gerade das Dunkel, das sie erst sichtbar machte, kam wieder der Schmetterling her und tastete ihr nach dem Mund.

Es fiel ihr ein, zu rufen, doch trug ihre Stimme nicht und verlor sich auf dem Weg. Jetzt glaubte sie zu träumen und versuchte aufzuwachen; sie schlug wie ein Brennender um sich und vermehrte nur die Flammen, die schwarz und unsichtbar ihr Haupt umzüngelten.

Wenn sie weiter lief, war es totenstill; verharrte sie aber, so knackte und brach es in den Büschen, als wäre das Geisterkind dort am Werk. Nun begann sie wirklich zu schreien, sie fühlte Furcht in der Kehle und hörte sich selber zu. Hoch angesetzte Töne wurden ständig noch höher getrieben und gellten ihr in den Ohren wie kurze Peitschenhiebe, sie wußte aber nicht, daß ihre bebende Stimme, noch ehe sie ganz verklungen, von Grillen abgelöst worden war.

In dem Augenblick, als die silbernen Schreie das Kind ohne Widerstand fanden und seinen verlorenen Körper ganz ungehemmt durchliefen, war der Schaudernden plötzlich zumute, als ob etwas niedergebrochen, sie sah nicht, an welcher Stelle, und ein Festes, Trennendes nicht mehr vorhanden sei; doch schon mit dem nächsten Herzschlag floß das Erinnerungsbild – als hätte sie sich geschnitten und erst an dem quellenden Blut den Schmerz und die Wunde erkannt – sehr deutlich aus der Nacht: das Kind ohne Nasenwand trank aus der Brunnenröhre, und während es sich beugte, kam ihm das Wasser wieder aus der Höhle und rann in das Becken hinab.

Sie war es selbst im nämlichen Augenblick und trug einen

Totenkopf, der nur sehr lose saß und, als sie jetzt strauchelte, fast abgefallen wäre; erschrocken griff sie nach vorne und hielt sich an einem Ast, der gleich darauf knallend zerbrach. Wie ein Dieb, der betroffen zaudert, weil er beim nächtlichen Einbruch sich selber im Spiegel sah, sog sie furchtsam jede Bewegung in den stockenden Atem hinein; doch als sie weiterlief, verfolgte sie wieder der Garten und drängte sich heran. Stark leuchtende Violen entfalteten Duftgefäße und schienen auf römischen Gräbern den Rauch aus der Tiefe zu ziehen; ein feiner Bodenschweiß bedeckte die niedrigen Gräser und lockte Kröten hervor, die gegen die Blätter schwappten, als ob man auf Wasser schlüge; der Grund wurde blasig und feucht und mußte nun tiefer liegen – so tief, daß er eins mit der Ebene wurde, die vor undenklichen Zeiten von dem Meer überschwemmt worden war.

Wie unter Seetang und Algen ging das Kind durch die Unkrautwälder und sah nach dem nördlichen Himmel, der von den Lichtern der Kleinstadt schwach angerötet wurde und wie eine faulige Kuppel über schwarzen Gewässern glühte. Dort mußte auch das Pförtchen in der bröckelnden Mauer sein; und ohne auf den Weg und das eigene Bildnis zu achten, lief die Geängstigte darauf zu, als sei sie schon gerettet, wenn das Tor erst hinter ihr läge.

Als sie jedoch auf die Klinke drückte und unter der Wölbung stand, fiel dieser Damm ihrer Hoffnung wie mürbe Asche zusammen: gleichzeitig nämlich wogte ein lockeres Gefüge, als ob an den steinernen Pfosten Girlanden und Kränze hingen, mit dem Mädchen zur Öffnung hinaus. Jetzt erst – so lange hatten die Worte der Alten gebraucht, um in die Tiefe zu fallen – war in den Ohren des Kindes der düstere Ruf erschollen, daß es zu Ende gehe und man Efeu zum Totenkranz schneiden müsse.

Schon in der nächsten Minute erhob die Drohung des

Gartens ihr hydragleiches Haupt – und was noch eben mit Düften und weichen Schneckenhörnern, die fühlen, eh sie ertasten, die Hilflose angerührt hatte, warf sich nun würgend und reißend im Dunkel über sie.
Getroffen von dem blendenden Lichtstrahl der panischen Beschwörung, die wie in einem Spiegel den Schlangenblitz aufgefangen und wieder zurückgelenkt hatte, war die Frevlerin sichtbar geworden und in der Umarmung Plutons Proserpina vergangen. Die pflanzenhaften Spiele hatten jählings ein Ende gefunden, und kraftlos ausgeliefert, sah der entseelte Schatten des angesprochenen Kindes, daß ringsum Feinde waren, die sich von allen Seiten der Beute näherten und sie mit wachsamen Augen höhnisch betrachteten; ja, selbst der da und dort noch vereinzelt gestirnte Himmel bot weder Hilfe noch Trost.
Die fiebernde Nacht begann und zog aufgeschreckt über die Lande, die das Gewitter erwarteten, das erste dieses Jahres, das in den Blüten das Staubgesicht und in dem großen Gewölk das Antlitz der Sterne zerstört. Ein furchtbarer Kampf stand bevor, und Zeichen der Entzweiung gingen durch die Natur, lautlos wie Nattern, die das Gras kaum teilen – die Büsche bewegten sich auseinander, und totenfarb wandte die Unterseite der Blätter sich in den saugenden Wirbel bewegter Lüfte empor: so hält der Mörder das Kind am Haar.
Doch kaum entseelt, war es auch schon verwandelt und ein Teil jener schreckenden Kraft geworden, die mit den Strophen aus Jakobs Mund das Bretterhaus betreten und durch die Botschaft der Alten sich ausgewiesen hatte. Als habe sie Tod und Verderben mit der Kunde, es gehe zu Ende, wie einen Stab in der Hand, schlug die Eilige jetzt, was ihr an Ästen oder eingesteckten Reisern jetzt noch entgegen war, wie dünnen Rauch auseinander, lief auf die weiße Straße, an Apfelbäumen vorüber, die aus dem Bannkreis der Ortschaft gekrümmter und durstiger gehen,

und lachte bei dem Gedanken, daß sie die Erste wäre, welche wisse, daß alle Gewächse im Garten abgeschnitten und zu Kränzen gebunden würden, unheimlich vor sich hin.

Von ferne tauchte das Elternhaus bei einer Biegung auf und ruhte schwach, doch von oben bis unten erleuchtet, in beweglicher Dunkelheit. Je mehr sich das Kind ihm näherte, desto atmender schienen die Mauern und wie von schwärzlichen Bildern belebt die verhangenen Fenster zu sein – so sieht der kreisende Vogel bei Nacht das schlafende Nest, das er würgend anfallen will; es flügelt weich und zuckt wie aus Träumen und Blut und leise gesträubtem Flaum. Bald trat es schärfer hervor und gewann, als wäre das Schicksal dem Kind schon vorausgeeilt, an schrecklicher Deutlichkeit:

eine dunkel verschleierte Frau, an welcher nur Kragen und Stirnband gespenstig leuchteten, trat aus der offenen Tür und begegnete einer anderen, mit welcher sie flüsternd verschmolz; indem sie sich löste, war es, als ginge sie nur von dannen, um furchtbarer wiederzukehren, aus jeder Pforte des Daseins von Neuem herauszutreten und dem Leben die Flucht zu verstellen – oder aber der wehende Vorhang der sammetschwer fallenden Lüfte gebar die medusische Göttin von damals zu neuer Wirklichkeit.

Wiederholte Begegnung vermeidend, schlich sich das Kind auf den Nachbargrund, um von hier aus den Heimweg zu nehmen. Es war dies ein junges Gelände, erst hier und da besetzt mit neuen Baumkulturen, welche noch niedrig und weit auseinanderstanden; und da jener Teil ursprünglich zu dem elterlichen Garten gehörte, hatte man ihn vorläufig nur mit einem Holzgitter abgegrenzt, dessen Pfähle lose gefügt und teilweise niedergebrochen waren. Doch sogleich hinter diesem Gatter erhoben sich Lebensbäume, Ziersträucher mit rötlichen Blättern und

giftige Goldregenbüsche, die gegen die klare Ordnung des grauen Nachbargrunds standen wie hart neben unsren Gedanken beschattende Bilder von Wäldern und lockigen Riesen stehen.
Uralte Finsternis deckte die Landschaft und bot ihre nährenden Brüste den jungen Lemuren an – sie wuchsen im Atem des Hauses wie Fledermäuse am Euter, veränderten ihre Leiber und reckten die trunkenen Hälse gesättigt und aufgebläht her.
Dies war der Umkreis von Proserpinas Jugend, es waren die schauerlich süßen, verflossenen Spiele des Hades: ihre Puppen aus Fleisch und Schale, aus Sägemehl und Leder, die sie jüngst auf den Händen gehalten und, bebend vor lüsterner Neugier, an den Nähten geöffnet hatte. Nun drang aus den platzenden Bälgen die Unform der Füllung hervor und überschwoll ihr Besinnen, das sich vergeblich bemühte, den Auftrag wiederzufinden, um dessentwillen sich Himmel und Erde verfinstert hatten und sie zur Schattenbotin der Tiefe geworden war.
Selbst für den Streifen Mondes, auf dem die Gespenster gleiten, war hier kein Zugang mehr, denn die Vorzeit verdrängte so mächtig des Daseins viel schwächere Räume, daß über die reißenden Ströme der eben bestandenen Schrecken das Kind nicht hinübergelangen und auch im Wesenlosen sich nicht länger zu halten vermochte. Nun verlangte es nur noch nach Hause und kroch durch die hölzernen Stäbe, als wäre der Zugang vom Hauptweg her ihm unerfindlicherweise, doch streng und für immer verwehrt; ein scharfer Zypressengeruch schlug ihm dabei entgegen, und unter seinen Schritten, die mit einemmal lautlos wurden, begann ein tückisches Knistern wie kurz vor Feuersbrünsten:
Das Kind blieb erschrocken stehen und sah, daß alle Wege zum Haus hin mit Stroh beworfen waren. Als es weiterging, rührte sein Fuß an einen reglosen Körper, dessen

Wärme ihm durch den Schuh drang: die große Nachbarkatze, welche allnächtlich vor den Fenstern geschrien hatte, lag tot auf dem Seitenpfad; ihr Genick war durchgeschlagen, und in kläglich geöffnetem Maule stand Blut.
Aus der braunrot fließenden Stille trat jetzt kein Laut mehr hervor, und die am nächsten Morgen den Tod ihrer Feindin bejubeln würden: die Vögel schwiegen tief und bargen sich in den Nestern, als ob sie fürchteten, versehentlich mit ihr gerichtet und hingerafft zu werden; es litten die Sphären selbst und zuckten, wenn Wetterschein sie überflog, wie schuldige Engel zusammen. Während sich aber das Schweigen so sehr verdichtete, daß selbst der Hauch des Mundes, sogleich nachdem er entströmt war, in der farblosen Luft zu gerinnen und stehen zu bleiben schien – sah plötzlich das Kind des Hauses ein wunderliches Bild:
wie eine getürmte Woge, die jeden Augenblick stürzen und alles erschlagen wird, begannen die steinernen Mauern hoch auseinanderzutreten und blieben, gleichsam gefesselt in erstarrter Oberfläche, vieläugig und atemlos stehen. Dem weißen Kalk waren lila geriefte Muscheln, zart aufgeblätterte Tafeln zermürbter Feldspatsteine und rosige Kieselsplitter, Gesichter von goldenen Fischen und Schnecken untermischt, die einen Herzschlag lang dem Kind so nahe waren, als trete es dicht an die Hauswand und rühre dieselbe an – dann zog sich alles zurück, und eine leichte Halle trug über Meersandstufen, die ständig rieselten, ihre Kraft in den Garten hinunter und empfing eine Schar von Gästen, die, Fackeln in den Händen, die Treppe aufwärts zogen.
Es mußte ein Fest gefeiert werden, denn auf den Schultern der Menschen stiegen schwere Blütenkränze und mächtige Gebinde in wellender Vorwärtsbewegung dem breiten Aufgang zu. An dem hohen Portikus angekommen, der die offene Halle begrenzte, schlug jeder die

Fackel nieder; ein schwärzlich-roter Qualm wölkte auf, durchzuckt von vergänglichen Funken; die Kränze sanken rauschend herunter und zwischen donnernden Säulen stand der Herr des Dämonenhauses.

Er schien herausgetreten zu sein, um die Menge willkommen zu heißen, und wandte sich nun suchend, als fehle ihm einer der Gäste, in der Geisterschar hin und her, wobei sein Gesicht verdeckt und nur die Hände zu sehen waren, welche, wie man Puppen auseinander schiebt, sich bald hierhin, bald dorthin wandten und unruhig zu tasten begannen.

Jetzt hob er das Gesicht und schaute zum Garten hinaus – die Gäste traten zurück und standen zu beiden Seiten der Treppe wie eine Mauer, die den Blick gefangen hält. Ein uraltes Haupt schob sich langsam vor und sah die zitternde Tochter mit schmerzlich geöffneten Augen, die von Schweiß überronnen waren, unendlich milde an; dann hob der Vater die Hand und winkte sie zu sich her.

Im nämlichen Augenblick, als sie ihn wiedererkannte und ihm gehorchen wollte, kehrten alle, fürchterlich blickend, die Augen zu ihr hin: vervielfacht stand der Tod mit eingesunkener Nase über üppig geschwungenen Lippen vor dem glanzüberzuckten Haus.

Sich zur Erde niederzuwerfen, sich zu verbergen oder zu fliehen wäre vollkommen sinnlos gewesen, denn was von der Dunkelheit geboren worden war, quoll, wie der Rauch aus dem Feuer, beständig aus ihr nach. Nun gab es keinen Weg mehr als den, der mitten durch die Schrecken und durch die Todesschlucht führte; als ihn das Mädchen betrat, empfanden ihn seine Füße, als ob sie auf Schwertern gingen: zerreißend, aber vertraut. Zwar half ihm niemand empor, denn die Hände, auf die es zuging, schienen selber der Hilfe bedürftig – doch während hinter ihm die hundertfältigen Tode in Schattentälern versanken und nur eine blaue Verwesung wie

Seen, von denen die Meerflut schon abgelaufen ist, blieb, war dem Mädchen plötzlich zumute, als ob die Rückwand der Schrecken hohl und von Wasserspinnen und Algen beronnen wäre.

Schon floß die Vision auseinander und begann in weichen Verfall und Auflösung überzugehen – da schlugen wie Raubvogelfänge, die dem Kind in die Augen stießen, indessen die Traumflügel plötzlich am Leib zusammenfielen, Geräusche und schneidende Strahlen in seine schlummernden Sinne und erfüllten, noch nicht unterschieden von dem eilig trennenden Geiste, den Vorraum des Elternhauses: das Kind war bewußtlos durch das Gewitter gegangen und fühlte, vermischt mit dem Donner und den prasselnden Regenfluten, jetzt einen niemals gehörten, furchtbar durchdringenden Ton.

Aus dem Sterbezimmer des Vaters, dessen Tür zu der Treppe hin offen stand, kam langgezogenes Röcheln, das anschwellend immer rauher wurde und auf der Höhe zerbrach.

Es hören und begreifen, war eines für das Kind; und hatten die Dämonen vom Frühling bis wieder zum Frühling seine Seele nicht morden dürfen, so überdrang sie nun grausam die volle Wirklichkeit. Unfähig sich zu rühren, als ob die entsetzlichen Laute einer Kette Glieder seien, die jede Bewegung von neuem erklirren und rasseln machte, sank das Mädchen in sich zusammen und verhielt sich, am Boden kauernd, mit beiden Händen die Ohren, während Geruch und Gefühl um so schärfer und williger wurden. Die strömend verzuckten Organe des verdüsterten Elternhauses – Vorraum und Wendeltreppe, der flakkernde Herdkreis, die Diele und das kalkige Mauergewölbe – entließen, langsam verblutend, alle Lebenskräfte so offen in ihrem besonderen Dufte, daß dem Kind, obwohl es fast schon erstickte, jeder einzelne Hauch plötzlich nahe und furchtbar deutlich war:

Geruch von Karbol und Kampfer zog schwerflüssig durch die Räume; entkorkter Flaschen säuerlicher Spund gärte abgestanden aus; von der Küche her kam der Dunst jener fetten, kleinen Kuchen, die in Öl gebacken und mit Mohnsamen bestreut, den Trauergästen gereicht werden; und vielfach gewundenes Wachs aus einem Wallfahrtsort lag niedergebrannt auf dem Flur und schwelte in dünner Säule beklemmend und süßlich nach.
Eine Magd trug mit zitternden Händen zerschlagenes Eis vorüber; die Mutter bog sich herunter und winkte ihr schweigend ab. Als das dienende Mädchen sich wandte, berührte es unwillkürlich das zusammengekauerte Kind und schrie unterdrückt, wie ein Mensch, der im Schlaf erschreckt wurde, auf; ohne Frage oder Erklärung entfloh es gleich danach.
In dem unbestimmten Gefühl, daß alles noch weit schrecklicher sei, wenn man es nur erblicke wie einen Geisterzug, ließ das Kind die Hände heruntersinken und sog das mattere Röcheln entschlossen in sich hinein. Von dem Kirchturm schlug die Uhr eine frühe Morgenstunde – es horchte angestrengt in die Nacht und erwartete, daß auf dem Flur vertraute Antwort käme; doch die Kastenuhr drinnen stand stille, war angehalten worden; eine Geisterhand aber ging rasselnd und raschelnd zu ihrem Gehäuse empor und schien sie aufzuziehen: Verzweiflung! es war das heiser ablaufende Uhrwerk des Todes, das den trostlosen Anstieg zum Ende und zur völligen Stille nahm.
Schon begann das Haus zu veröden und das Schicksal seines sterbenden Herrn gleichnishaft mitzuerleiden. Die Türen zum Vorraum bewegten sich und blieben auf halbem Wege, lautlos geöffnet, stehen; als zöge das liebe Leben hinaus, trat eine letzte teure Gewohnheit entstellt und traurig hervor: verschütteter Landwein kroch träge über die Dielen; ein blutendes Heiligenbildchen war

mitten entzweigerissen und flatterte, während ein »ORA« auf der Rückseite sichtbar wurde, wie ein sterbender Falter hinaus; von der scheidenden Seele angerührt, gab eine Laute, die an der Wand hing, einen zerspringenden Ton. Die Balken erschraken so sehr, daß ein Windstoß sie zittern machte und gleichzeitig Tür und Fenster des Herdraums angehoben und aufgeschlagen wurden.
Es hatte ausgeregnet, obwohl die Scheiben noch trieften und die Dachtraufe niederrann. Eine zarte Hügellinie, mit Lichtern besetzt, trat in der Dämmerung, die nicht mehr Dunkelheit und noch nicht Morgen war, geheimnisvoll hervor: das Irrenhaus des Landes sah mit den rötlichen Augen der ewigen Nachtwache her. Als zöge der ferne Wahnsinn das Kind mit sanfter Gewalt näher zu sich heran, trat es zögernd an das Fenster und erinnerte sich schaudernd, daß die Mägde einander erzählten, dieser ständig erleuchtete Teil beherberge solche Kranke, welche – Tieren ähnlich geworden – den eigenen Unrat äßen.
Es wandte sich entsetzt und sah im Schein einer Kerze roh durchgebratenes Fleisch auf einem Teller liegen; leicht angeekelt, prüfte es seinen Eindruck schärfer und bemerkte, daß die Magd, halb über der Tischplatte liegend, fest eingeschlafen war. Ihr müdes Gesicht war aufgelöst und schwamm in Feuchtigkeit; eine entblößte Schulter quoll aus dem flanellenen Hemde; die Kuchen waren schon ausgebacken und, glänzend von bräunlichem Fett, auf der Herdbank ausgelegt worden. Nun seufzte das schlafende Mädchen und warf das schweißige Haupt im Traum auf die andere Seite; wie angerötet von Küssen, lag die andere Wange da.
In diesem Augenblick war es der ersten Magd auf unbegreifliche Weise wie eine Schwester ähnlich, und auch der niedrige Herdraum gebar in süßem Schwindel und tödlich drängenden Wehen einen früheren Schauplatz aus. Die Kerze flackerte hoch und die Tür floß gleich da-

nach zu – es roch jetzt nach Wasser und Erde und nach den hängenden Trauben berauschender Glyzinien, die weiß zu Ende blühten. Das Astwerk zitterte schwach, als zöge sich einer an ihm empor, und dem Gerüst der Zweige krochen Schattenhände entgegen, in welche die Blumenbrüste schwer und durchregnet sanken. Noch stand Ozon in der Luft und spaltete wie ein Schwert die kaum verminderte Schwüle; der metallische Duft vermischte sich mit dem Rauch, der ihm vom Blütenboden der Levkoien entgegenkam, und schien von neuem die Nacht und den Liebesschmerz anzusaugen; ein Vogel girrte im Schlaf, und die Knie der Magd zuckten leise, bewußtlos auseinander.

Geschmack von Leben und Tod, wild durcheinandergegossen, verstärkte sich unter dem Gaumen des tieferschütterten Kindes und erfüllte seinen Mund wie eine Flammenwoge, die jeden Augenblick abwärts schlagen und es kohlschwarz ausbrennen konnte. Aus Herd- und Feuernische kam die Erinnerung auf das hilflose Mädchen zu: Gedächtnis, das aus der Tiefe und aus den Zeiten stieg, lang aufbewahrte Rache, die gleich dem Stachel der Biene im Winterhonig gereift war und jetzt den tödlichen Speer durch die Süße gesammelten Lebens stieß.

Eine klagende Stimme drang leise und halb erstickt durch das Dichte: daß Zauberei Sünde wäre, und sich Unglück zusammenzöge an der Stelle, wo man sie triebe. Zerstoßenes Schluchzen gab Antwort – die Magd war aufgewacht und hatte das tränennasse Gesicht auf beide Arme gehoben.

Noch schlafüberwältigt, entging ihr die kleine Gestalt – doch weil ihre Blicke sie streiften, obwohl sie in das Leere und hindurch in das Schicksal trafen, erbebte die schuldige Tochter und glaubte sich angeklagt.

Nicht Ceres mehr trat aus der Feuerwand und sühnte

nach menschlichen Maßen die menschliche Missetat: jenes Dunkle selber, das eins war mit ihren gefährlichen Spielen – sie wußte es nicht zu benennen und fühlte nur rasch nacheinander die knisternde Kammer im Juli, den flackernden Raum der Beschwörung und das heimliche Tannendickicht, wo sie mit eigenen Händen die Menschengestalt zerstört und mit Erde beworfen hatte – dieses Nächtliche sah die jetzt weinend, entstellt und verzweiflungsvoll an. Was eben noch furchterweckend und quellend von Säften gewesen war, sank wie der Schierling am Morgen kraftlos in sich zusammen – –
die Mitternacht war vorüber, und der dritten, der mächtigsten Tagesstunde schien, ein Anruf wie einst rudernden Schiffern, die Botschaft zuzutragen: der große Pan sei gestorben, tot sei der gewaltige Pan!
Ein hilfloses Jammern, das überall war, schwoll an zu unendlicher Klage – auch die Natur lag darnieder und seufzte in tiefer Qual. Aus dem liebeverlassenen Grau der ersten Dämmerung kam jedes Geschöpf voller Trauer und scheinbar entkräftet hervor; selbst die Schrecken verödeten langsam und zogen sich aus den Dingen, eine Schar von Gespenstern, zurück. Nichts blieb jetzt noch als der sterbende Mensch, der das gemeinsame Schicksal der Irdischen erduldend, den Sold der Sünde bezahlte und jenes Gesetz erfüllte, unter dem seit dem Fall des ersten, von Eva verführten Vaters, die Menschensöhne leiden.
Ihm ihre Schuld zu bekennen, sich schonungslos anzuklagen und um Verzeihung zu flehen, lief jetzt das Kind auf den Flur und eilte die Treppe empor, als ihm, wie einem Menschen, der vom Donner der Domglocke angerührt wird, wenn er ahnungslos unter der Stunde steht, die voll geworden ist, jene Laute in die Ohren dröhnten, die mit den Sterbenden gehen:
»Erkenne, o Herr, dein Geschöpf, das nicht von fremden Göttern, sondern einzig von Dir, dem wahren, lebendigen

Gott erschaffen wurde. Denn wahrlich, kein Gott ist außer Dir, und nichts kommt Deinen Werken gleich.«

Unendlicher Glanz drang aus dem Sterbezimmer durch die östlichen Fenster her: das wolkenlos flammende Morgenrot schlug eben den Vorhang des Himmels gewaltig auseinander, die Nacht war zu Ende gegangen, und das Traumweib stand über der Sichel.

Eine feste Stimme klang ruhig und voll, fast ohne zu verschweben, mit diesen Worten aus; es war die Stimme der großen Frau mit Stirnbinde, Kragen und Schleier; und als sie sich nun Proserpina zu- und fort von dem Sterbebett wandte, sah das Kind mit nie gefühltem Erstaunen, daß sie nicht hart und nicht milde, nicht düster und nicht strahlend, sondern beides in einem war. Die Mutter winkte das Kind heran, und während sie, vor dem Lager stehend, den Sterbenden verdeckte, empfand das Mädchen erschauernd die hochzeitlichen Weihen, welche alle Sinne des Kranken soeben empfangen hatten.

Vor noch nicht langer Zeit mußte der Priester gegangen sein und die Zeugen der mystischen Salbung zurückgelassen haben: in bläulichen Wasserschalen schwammen öldurchtränkte, sehr kleine, geballte Wattebäusche; Salzkörner lagen verstreut auf einem niedrigen Tischchen; aus dem Weihbrunnen ragte, betaut, eine glänzende Buchsbaumrute; und vor der steigenden Sonne verblaßten die Kerzenflammen.

Der leise Atem des Vaters, auf dem schon die Seele sich übte, von dem Lippenrand abzustoßen, erfüllte das Sterbezimmer mit einer seltsamen Kühle und duldete weder Klage noch Hilfeleistung mehr.

Es regte sich, ein Weg wurde frei, und eine Hand, die das Feste wie Wasser zu durchschneiden und die Ströme des Lebens zu lenken schien, kam der Tochter verklärt entgegen. Sie trat auf sie zu und legte die ihre hinein, die gleich darauf namenlos leise, als sinke Schnee auf sie

nieder, von der andern umschlossen wurde. Jetzt erst hob das Kind die Augen und schaute den Vater an:
Das silberne Schläfenhaar erglänzte vom Todesschweiße, wie in tiefen Tälern vom Nachttau die lockige Herde glänzt; aus den mächtigen Wangenbögen sprang die felsige Nase vor; das Lippenpaar leicht geöffnet, war von schwärzlichen Rissen durchzogen und ließ die verlängerten Zähne, von denen das Fleisch sich entblutet zurückgezogen hatte, sehr groß und fremdartig sehen. Eine Todeslandschaft begann schon der Erde sich anzugleichen und den Bewohnern der Tiefe bald Weide zu gewähren – da drang ein azurener Glanz durch die geschlossenen Lider, und langsam schlug der Vater noch einmal die Augen auf.
Zwei ruhige, tiefblaue Flammen standen mild in unendlicher Ferne, wie Enzian auf Bergeshöhen, und wandten sich, wunderbar tröstend, der friedlosen Tochter zu: ja, sie war überschuldig, doch nicht an seinem Tode, und ihre schwachen Hände rührten Gottes Allmacht nicht an – das große Geheimnis des Lebens war nicht in der Wurzel beschlossen; es kreiste wie Saft in den Bäumen, und Abgrund und Höhe war gleich.
Aber da ihre Hand von dem Vater in die seine genommen wurde, gehörte sie ihm an und sah in vergänglichen Augen ein fremdes, doch wesendes Licht. Die aus dem Willen des Mannes im Dunkel gezeugt worden war: die Tochter der uralten Erde hob den Scheitel zur Sonne empor, die noch viel älter an Jahren, Kraft, Weisheit und Liebe ist.
Nur einen Augenblick lang erfuhr sie das Licht jener Höhe – dann beschlug sich die größere Leuchte, und eine Träne floß mühsam an des Sterbenden Wange herab.
Gleichzeitig rollte die Tiefe und das täglich erneuerte Dasein zu den Ohren des Kindes heran: ein Schluchzen

erschütterte schrecklich die nun verlassenen Räume; Essenzen dufteten jähe, und zitternde Gläser klirrten; auf der Treppe drängten sich Menschen mit traurigem Flüstern empor.
Eine Vogelwolke brach schreiend aus den Feldern hinter dem Haus und schwärmte in trunkener Eile dem geöffneten Fenster vorbei – die Bauern verjagten sie scheltend mit Peitsche und Hut aus den Schoten und trugen den Popanz zum Acker, damit sie nicht wiederkehre ...

Die Mutter verkaufte sehr bald danach das Besitztum und zog in eine entfernte Stadt. Sie schwand hierdurch rasch aus dem Gesichtskreis der Menschen, und auch von dem seltsamen Kinde kam keine Botschaft mehr. Das Unkraut ward untergegraben, und zerbrochenes Spielzeug sank tiefer; der Regen verwischte allmählich den Eindruck seiner Sohlen und schwemmte sein Spiegelbild ab.
Nur die Erde bewahrt schweigsam das Gedächtnis all jener Schrecken, die hier erzählt worden sind. Sie hatte manches zu hüten und hütete dies nicht allein. Denn das Haus stand an der Römerstraße, und der uralte Boden teilte noch immer die Geschenke der Vorzeit aus, wenn der Landmann mit dem Pfluge darüber ging, und weckte auch diese Erinnerung.

Ich glaube, in der Dichtung muss es mehr die magisch-verlockende Gewalt der Natur sein, die den Menschen in ihren Schoß zieht.

(Elisabeth Langgässer, Briefe 1924 – 1950. Düsseldorf 1990, S. 116)

Nachwort

Proserpina war Elisabeth Langgässers erste größere Prosaarbeit, die allerdings erst 1933 als ihr drittes Buch erschien, nach *Wendekreis des Lammes. Ein Hymnus der Erlösung* (1924), mit dem sie sich den Ruf einer jungen katholischen Lyrikerin erwarb, und nach *Grenze: Besetztes Gebiet. Ballade eines Landes* (1932), in dem sie in vierzehn kürzeren Erzählungen rund um „Lorchen", eine junge Lehrerin in Griesheim, die Jahre nach dem Ersten Weltkrieg in der von den Franzosen besetzten entmilitarisierten rechtsrheinischen Zone schildert.

Das noch unveröffentlichte Manuskript der *Proserpina* verhalf ihr 1931 zu ihrer einzigen literarischen Ehrung vor der nationalsozialistischen Diktatur, dem Literaturpreis des Deutschen Staatsbürgerinnenverbandes. Dieser wurde ihr zusammen mit der heute vergessenen Unterhaltungsschriftstellerin Käte Biel zuerkannt und von Alfred Döblin überreicht.

Die Arbeit an *Proserpina* erwies sich als langwierig, Kräfte zehrend und zeitraubend, wie an vielen ihrer Briefe abzulesen ist. „Ich arbeite in jeder freien Stunde an meiner Kindernovelle. Sie erfordert größte Intensität und Vorsicht, da zu der üblichen u. selbstverständlichen Arbeit der Gestaltung ein erhöhter Kampf um künstlerische Distanz bei diesem biographischen Stoff hinzutritt." (Elisabeth Langgässer, Briefe, S. 34) Die Drucklegung erfolgte erst vier Jahre nach Fertigstellung des Textes, 1929, im Leipziger Verlag Hesse & Becker, „einer alten Klassikerfirma" (Briefe, S. 169). Es war dies eines der größten Verlagshäuser Leipzigs, das vor allem mit Musikalien und billigen Klassikerausgaben in *Max Hesses Volksbücherei* große Erfolge erzielte. Das „einsame, stille Kind" (Briefe, S. 169) erlebte eine einzige Auflage von 1000 Exemplaren, deren Restbestand makuliert worden sei, wie sie sich nach dem Krieg erinnert. (Briefe, S. 773) In der Folgezeit bemühte sich die Autorin um Auflösung des Vertrages, weil der Verlag 1934 ihre *Tierkreisgedichte* ablehnte, mit der Begründung, es seien mit ihnen nur Verluste zu erwarten. (Briefe, S. 218) Auch hatte der Verlag darauf bestanden, dass der von Elisabeth Langgässer gegebene Untertitel *Eine Kindheitsmythe* abgeändert werde in *Welt eines Kindes*. „Ich bin ganz unglücklich, denn eine ‚Geschichte einer Kindheit' ist bereits x-mal vorhanden", klagt sie gegenüber ihrem Freund und Ratgeber Karl Thieme. (Briefe, S. 172) Ebenso forderte der Verlag eine umfangreiche Umarbeitung des Textes, die sie als sehr belastend empfand, denn „Du musst Dich gewissermaßen noch einmal in die Zeugestunde der Arbeit zurückversetzen, in ihren Mutterleib kriechen. Wahnsinnig schwer!" (Briefe, S. 170) Nach dem Krieg wird sie spöttisch formulieren, dass sie den Text der *Proserpina*, „damit sie ein modernes Publikum versteht, mit Anklängen an das ‚kollektive Unterbewusste' aufgeputzt" hätte. (Briefe, S. 994) Diese Äußerung fällt in Zusammenhang damit, dass 1949 im Claassen & Goverts Verlag *Proserpina* neu „aus dem Urmanuskript" gedruckt werden sollte. „Die jetzige ist nichts wie eine ausgegrabene, griechische Scherbe: da nehmt sie, nackt, grausam, ungereinigt, wie sie ist!" (Briefe, S. 994) Allerdings hat es mit „Urmanuskript" nur teilweise seine Richtigkeit, wie wir aus einem Brief ihres Ehemannes 1965, 15 Jahre nach ihrem Tod, erfahren: Es sei dies „nicht die Erstfassung, sondern eine von Elisabeth stark überarbeitete Fassung der Urschrift. Sie sehen also daraus, dass E. durchaus nicht unkritisch ihren früheren Kindern gegenüberstand und sie gerade die *Proserpina* von ihren frühen Arbeiten am meisten liebte." (Marbacher Magazin 85/1999, S. 20)

*

Die Schwierigkeiten bei Entstehung und Gestaltung von *Proserpina* finden eine Fortsetzung und Erweiterung, wenn es um den Inhalt des Textes geht. Wie bei den meisten ihrer Prosawerke ist es so gut wie unmöglich, einfach den „Inhalt" wiederzugeben, in knappen Worten zu sagen, worum es geht. Denn die Zeitebenen überlagern sich, Vergangenheiten und Gegenwart bilden mehrere

Wirklichkeiten. Das Schicksal eines genesenden Kindes, eines Mädchens, das von Fieberanfällen und Visionen heimgesucht wird, von Ängsten und Phantasievorstellungen gepeinigt ist und den Tod das Vaters erleben muss, wird verknüpft mit archaischen und mythischen Vorstellungen, die Macht gewinnen über die Gegenwart. In einer Fülle von Bildern bricht über das Mädchen eine andere Wirklichkeit herein und gewinnt die Natur im Kreislauf des Jahres eine magische Bedeutung; ebenso entfalten Symbole eine alles bestimmende Macht, seien diese antik-heidnisch oder christlich.

Proserpina ist der lateinische Name für die griechische Persephone, oft auch Kore (griech. „Mädchen") genannt; Persephone ist die Tochter der Demeter (lat. „Ceres") und des Zeus. Als sie auf einer Wiese Blumen pflückte und nach der Narzisse griff, die die Göttin Gaia für den Gott der Unterwelt, Hades, hatte wachsen lassen, damit er mittels dieser Blume das Mädchen verführen konnte, öffnete sich die Erde, Hades erschien und raubte es. Als die vom Schmerz überwältigte Demeter erfuhr, dass Hades ihre Tochter im Einverständnis mit Zeus entführt hatte, verließ sie den Olymp, ging zu den Menschen und trauerte in einem für sie errichteten Tempel um ihre Tochter. Sie ließ die Erde unfruchtbar werden, solange bis sie sie zurückbekam. Es drohte die Vernichtung der Menschen, weshalb Zeus den Götterboten Hermes zu Hades sandte, damit dieser Persephone freigebe. Hades kam dieser Bitte nach und erlaubte ihr, zu ihrer Mutter zurückzukehren. Allerdings gab er ihr einen Granatapfelkern zu essen, wodurch sie der Unterwelt verbunden blieb. Sie musste von nun an für ein Drittel des Jahres in der Unterwelt bleiben, wo sie als Göttin herrschte, die übrige Zeit durfte sie mit der Mutter zusammen sein. Der Mythos liefert so eine Erklärung für die Jahreszeiten mit Wachstum und Vergehen in der Natur. (Nach Karl Kerényi, *Die Mythologie der Griechen.* Zürich 1951)

Der Persephone-Mythos erzählt von einer Mutter-Tochter-Beziehung und lässt sich, trotz Elisabeth Langgässers abschätziger Bemerkung über das „kollektive Unterbewusste", mit den Kategorien C. G. Jungs am ehesten in Verbindung bringen. Anhand des Begriffes „Archetypus" lässt sich die zeitlose Gültigkeit des

Mythos zeigen. Menschliche Einzelschicksale wiederholen in dem, was sie erleben und fühlen, den Mythos. „Es ist ein archetypisches Geschehen, dass wir immer wieder nach solchen großen alten Menschheitsmustern leben und uns darin vorfinden." (Ingrid Riedel, *Die verlassene Mutter. Mütter und Töchter im Demeter-Mythos*. Stuttgart 1995, S. 9)

Während ihrer Arbeit an *Proserpina* berichtet Elisabeth Langgässer von einer sie tief bewegenden Lektüre: „Sagte ich Ihnen schon, dass ich eben ein wunderbar aufschlussreiches u. beziehungsvolles Buch lese, das von der Gräbersymbolik der Alten handelt u. ihre Zeichen bis in die uralten Mutterreligionen verfolgt? Es ist von einem Schweizer des vorigen Jahrhunderts (Johann Heinrich Bachofen) u. heißt ‚Urreligion u. antike Symbole'. Wie alle Deutungen frühgriechischen Wesens u. bildreicher Mythen hat mich dieses Buch bis ins Innerste aufgeregt." (Briefe, S. 62)

Johann Jakob (so der richtige Vorname) Bachofen (1815–1887) erlangte um 1900 eine starke Popularität durch die „Kosmiker", zu denen Ludwig Klages und Karl Wolfskehl zählten. Elisabeth Langgässer dürfte den genannten Titel in einem 1925 erschienenen unveränderten Nachdruck der Erstausgabe von 1861 gelesen haben, die eine Einführung von Klages enthielt. Die Erklärungen spätantiker Gräber mit ihren symbolischen und mythologischen Darstellungen von Leben und Tod, Ängsten und Hoffnungen ließen Bachofen nicht nur das Lebensgefühl der Römer neu erkennen, sondern zeigten ihm über die Zeiten gültige Versuche der Daseinsbewältigung. Elisabeth Langgässers *Proserpina* zeigt in vielfacher Weise das enge Beziehungsgeflecht zu der von der Romantik herkommenden Mytheninterpretation Bachofens, der besonders geprägt war von Friedrich Creuzers *Symbolik und Mythologie der alten Völker* (1810). Das der *Proserpina* vorangestellte Motto, vier Verse aus Novalis' *Heinrich von Ofterdingen*, macht dies überdeutlich klar: Die in diesen Versen enthaltenen Nomina – „Mitternächte", geheime „Mächte", „Wollust", „Spiele" – präludieren Leitmotive des Textes.

Elisabeth Langgässers Proserpina ist angezogen von dem Dunkel und der Nacht, von verborgenen Dingen und den Lebewesen der Erde, seien dies Fossilien aus vorgeschichtlicher Zeit, als die Alzeyer Gegend von einem Tertiärmeer bedeckt war, seien dies archäologische Funde aus der Kelten- und Römerzeit, oder seien dies die Tiere der Dunkelheit und des Verborgenen, Käfer, Schnecken, Würmer, Larven, mit denen sie spielt. Aus der Sicht des Gärtners Jakob hat sie Macht über das pflanzliche Wachstum, verhindert Fruchtbarkeit. Ihre zerstörerische Macht erlangte sie mittels einer Glasmurmel, die sie aus der Behausung von Jakobs Mutter entwendete, einer alten Frau, deren Hexenkünste und Zauberkräfte sich viele bedienen, auch eine Magd im Elternhaus des Mädchens, die mit ihnen Jakob beschwören und herbeizaubern will. Deshalb wird die Magd des Hauses verwiesen. Mit der Glasmurmel hat Proserpina der Mutter Jakobs ihre Zauberkraft genommen. Die Kugel ist ein von Elisabeth Langgässer häufig verwendetes Symbol, das mehrere Bedeutungen haben kann, wie Luise Rinser anlässlich der Verleihung des Elisabeth-Langgässer-Literaturpreises am 27. Februar 1988 in Alzey ausführte:

> *Ich habe die Langgässer begriffen, als mir klar wurde, wie oft sie von der Kugel spricht. In ihrer frühen Erzählung „Proserpina" ist die Glaskugel Gegenstand der Magie; mit Hilfe der Kugel kann man zaubern, das heißt die geheimen Kräfte der Natur wecken und so zu den Müttern heimfinden.*
>
> *Im „Unauslöschlichen Siegel" ist die Kugel ein Ball, mit dem zu spielen keinen Sinn mehr hat: der Ball, die Kugel ist zum Bild einer unfruchtbaren Verschlossenheit geworden; der Mensch, der sich dem Leben, der Hoffnung, der Gnade versagt.*
>
> *Im letzten Roman „Die märkische Argonautenfahrt" taucht die Kugel auf als Kristallkugel, die einem Teilnehmer der magisch-mythischen Wallfahrt das Bild der Leere, der Leerheit ist, eines Dinges, das nichts enthält, Symbol des Nichts schlechthin, das zu erkennen diesen Mann zum Nihilisten macht. Er aber weiß nicht, dass seine Glaskugel eine Perle aus einem alten russischen Rosenkranz eines frommen Pilgers ist und die Kraft hat, die harte Hülle des Nihilisten aufzusprengen und die Leere mit der Gnade zu füllen.*
>
> (Alzeyer Geschichtsblätter, Heft 23, 1988)

In *Proserpina* verdeutlicht die Kugel auch die Kreissymbolik, das Anfang und Ende Aufhebende; sowohl zu Beginn als auch am Schluss des Textes heißt es: „Denn das Haus stand an der Römerstraße." Die Kugel meint auch den Kreislauf der Natur, des Mythos, des Jahres mit seinen kirchlichen Festen und der Geschichte. Eine Gegenkraft zu dieser zyklischen Bewegung bildet der christliche Glaube mit einem linearen, zielgerichteten Verlauf. In Christus ist die Welt erlöst und wird zu ihrem Ende kommen. So stehen den dunklen Mächten und ihren Zeichen und Symbolen die christlichen entgegen, wie Weihwasser und Sterbesakramente.

Nachdem die Mutter den Liebeszauber der Magd unterbunden hatte, obliegt es dem Vater, die Tochter, die trotzig darauf beharrte, die Magd müsse bleiben, zu ermahnen, „damit er ihr ernsthaft zurede". Der Vater lebt in einem Raum mit „Blick auf die Felder", seine Arbeitsgeräte – Zirkel, Winkelmaß und Briefwaage – stehen „rein und gerecht" auf dem Schreibtisch, er schaut mit „milden Augen" und scheint „um alles zu wissen"; er wird so zu „Gottvater" und zeigt seiner Tochter mit Hilfe eines biblischen Bildes, der Vernichtung der Rotte Korah (4. Mose 16), was Frevel bedeutet, und lässt vor ihr entstehen, wie Himmel und Hölle zusammenhängen. Der Vater vertritt jedoch nicht nur „Gottvater", sondern steht auch für Klarheit und Licht, für Wissenschaft und Kunst, gehört somit der apollinischen Sphäre an.

Durch einsetzende Schwäche und Krankheit verliert der Vater immer mehr an Einfluss und Proserpina wendet sich umso stärker der Unterwelt zu. Sie folgt im Spiel dem Lauf der Glasmurmel und findet in einer dunklen Ecke des Gartens eine Zeichnung des Vaters, die verzierte Abbildung eines bacchantischen Festes, deren Hauptfigur ein geschmückter Jüngling ist, mit einer zu Boden gesenkten Fackel. Proserpina deutet diese Figur falsch als den eigenen Vater, der ihr als „Natternkönig" erscheint, als einer, der zur Gemeinschaft der dionysischen Mächte gehört. Sie fasst dies als „Verrat" auf und rächt sich, indem sie das Bild zerstört.

Auf dem Höhepunkt der Novelle vollzieht sie den symbolischen Puppenmord. „In blinder Dämonie zerstört sie die Ordnung und Lebendigkeit von Haus und Garten und schließlich in der Puppe sogar das Menschenbild." (Gert Behrsing, *Erzählform und Weltschau der Elisabeth Langgässer.* Zürich/München 1957, S. 15) Die Puppe wird nicht nur zerrissen, sondern grausam zerstückelt. Der „Anblick der madenhaften und ganz geschlechtslosen Puppe" erschreckt sie maßlos. An der Puppe versucht sie in wilder Raserei symbolisch zu zerstören, was in ihr selbst und in den Figuren um sie herum so beängstigend und zerstörend ist: die Geschlechtlichkeit.

Die Erlösung aus den Verstrickungen in die Unterwelt und aus den Schuldgefühlen wegen des „Puppenmordes" wird ihr zuteil durch den nahenden Tod des Vaters. Als sie sich dem Hause nähert, erscheint vor ihrem Auge ein Fest gerade so wie auf der von ihr zerstörten Zeichnung. Mit dem sterbenden Vater geht der Ruf durchs Haus, „der große Pan sei gestorben, tot sei der gewaltige Pan!" Sie begreift nun endlich das Geschehen, welches „jenes Gesetz erfüllte, unter dem seit dem Fall des ersten, von Eva verführten Vaters, die Menschensöhne leiden", nämlich den Kreislauf von Geburt, Tod und Wiedergeburt. Als Teil dieses ewigen Kreislaufes erlöst der sterbende Vater die Tochter von dem Gedanken der eigenen Schuldigkeit, doch es bleibt die Vorstellung vom Sündenfall des Menschen, der der Erlösung bedarf.

Die Novelle *Proserpina* enthält bereits alle Elemente, die dann in ihren Gedichtzyklen *Tierkreisgedichte* (1935) und *Der Laubmann und die Rose* (1947) wie auch in ihren großen Romanen *Das unauslöschliche Siegel* (1947) und *Märkische Argonautenfahrt* (1950) breit entfaltet werden: Natur und Mythos werden überhöht von der christlichen Heilsbotschaft, wie es der den *Tierkreisgedichten* als Motto vorangestellte Bibelvers Römer 8.22 ausdrückt: „Denn wir wissen: Die ganze Schöpfung stöhnt und liegt in den Wehen bis jetzt."

*

Der Text enthält viele konkrete Erinnerungen an Elisabeth Langgässers Kinderjahre in Alzey, wie etwa die Arbeit des Vaters, der als Architekt und Großherzoglicher Baurat mit dem Bau der Heil- und Pflegeanstalt („Burg der Wahnsinnigen") ab 1905 und mit den Ausgrabungen des römischen Kastells in Alzey von 1908 an befasst war. „Hier lag die ‚Römerstraße', hier ‚stieß der

Spaten in den Schlaf der Legionäre', hier hob man ,Schild und Harnisch, aber auch die Mischgefäße der Freude, Schale und Becher, an der jungfräulich geschweiften Hüfte empor, reinigte sie von der anhaftenden Erde': Münzen, Gefäße, die Scherben von Gebrauchsgeschirr, Amphoren, Statuetten, Feinkeramik, Göttersteine; ,es wurde von ihnen wie von gegenwärtigen Göttern geredet'." (Eduard Berlet, *Blätter der Carl-Zuckmayer-Gesellschaft*, Heft 1, 1979, S. 23)

Eine Photographie Elisabeths mit ihrem 1901 geborenen Bruder aus der Alzeyer Zeit hat mit zur Stilisierung Elisabeth Langgässers als „Proserpina" beigetragen. Die Schriftstellerin und Freundin in den Berliner Jahren Oda Schaefer schreibt in einem Essay über die Wirkung von Photographien (*Schatten eines Schatten*, 1957) zu dem Bild:

> *Als ob sie die Ahnung von den Mitleidlosen von Geburt an in sich getragen hätte, wirkt das Gesicht der Dichterin auf einem frühen Photo. Es mag sein, daß Elisabeth Langgässer hier erst vier Jahre als ist ...Es ist ein kassandrisches Gesicht, aber neben der Düsternis, die sie einmal für einige Zeit ganz verhüllen würde, ist doch auch der Glanz der Dichtung in den weit geöffneten Augen, die in die Weite schauen, als lauschten sie einer orphischen Musik. Es sind Kassandras Augen – und es sind auch Proserpinas Augen auf der Schwelle zur Unterwelt, staunend und wissend zugleich. Düster verzückt erscheint das Kindergesicht, das im Augenblick des Gebanntseins von der Zukunft überschattet zu werden scheint.*

Im März 1933, als sie beschäftigt war mit der Umarbeitung des Textes für die Drucklegung, gibt Elisabeth Langgässer der Erscheinungstermin der *Proserpina* zu denken: „Merkwürdig bleibt es natürlich doch, daß dieses Werk in den ersten Tagen des ,dritten Reiches' verlegt wird – um so merkwürdiger, als alles, was geschieht, einen realen Zusammenhang auf der **symbolischen** Ebene hat, einerlei, ob es die Akteure der Weltgeschichte wissen oder nicht! Allerdings gibt es wohl auch nichts **deutscheres** als ,Proserpina' – und nichts, was so wenig ,Volk' hinter sich haben wird." (Briefe, S. 170; Hervorhebungen im Text) Enthalten diese kryptischen Aussagen eine Distanzierung vom Nationalsozialismus, oder soll ein elitäres Selbstbewusstsein der künstlerischen Aussage betont werden? Wie ist die Aussage von der „symbolischen Ebene" zu sehen auf der Folie der nationalsozialistischen Ideologie mit ihrer Überbewertung nationalistischer Symbole und dem Rückgriff auf neu geschaffene Mythen? Vielleicht ahnte sie ja die Gefahr des Missbrauches ihres Textes durch die Nationalsozialisten, die hier eine Affinität zu den eigenen völkischen irrationalen Wurzeln hätten entdecken können. Ernst Bloch, der ihr im Januar 1934 aus dem Exil schrieb, warnte sie vor dieser Gefahr:

> *...doch mir scheint, wir sind über die Verschiedenheit des Geschlechts und der Rasse hinaus Landsleute. Nicht nur, als in sehr benachbarter Gegend geboren und groß geworden: Sie in Alzey, ich in Ludwigshafen am Rhein und Worms. Es verbindet auch eine* ***geistige*** *Kraft des Irrationalen, welche ungewordene Ahnung gerade im Uralten hat. Welche die Irminsul kennt (ja, sie geht mitten durch uns hindurch), aber ebenso, gerade deshalb, den Axthieb des Bonifatius, die schlagende, erbende Mystik des Lichts. Die Irminsul ist anscheinend stark, das Licht ist wirklich dünn geworden, nämlich auf den Bourgeois gekommen, auf den Verstand des neunzehnten Jahrhunderts... Darf ein irrationaler Philosoph, sozusagen ein Rationalist des Irrationalen, Sie als Kollegin bezeichnen, so darf er Sie vielleicht auch bitten, eine zu bleiben. Eine heute missverstehbare, aber eine missverstehbare ohne ihre Schuld und vor allem ohne ihr Zutun. Grade was höher ist als die Vernunft, muss heute rein und wartend gehalten werden.*
>
> (Marbacher Magazin, 85/1999, S. 21f)

Proserpina entstand in einer für Elisabeth Langgässer problematischen Lebensphase. Die junge Lehrerin war mit ihrer beruflichen Situation unzufrieden, suchte die geistige und intellektuelle Herausforderung und wollte als Dichterin wahrgenommen werden. Ende 1928 verließ sie den Schuldienst, um einer Kündigung zuvorzukommen, weil sie ein nichteheliches Kind erwartete. Am 1. Januar 1929 kam ihre Tochter Cordelia zur Welt, mit der sie Mutter und Bruder nach Berlin folgte. Hier ging sie bald das Wagnis ein, freie Schriftstellerin zu werden. Sie, die ihr Kind über alles liebte, empfand Schuldgefühle, weil sie sich nicht ausreichend um Cordelia kümmern konnte. Aus dem ehemaligen Kind Proserpina wurde nun eine Mutter, die ihr Kind zur neuen Proserpina stilisierte, und in einer tragischen Weise nahm Cordelia diese Rolle an: Sie, die als „Volljüdin" galt nach den Nürnberger Gesetzen, sah ihre Verschleppung nach Theresienstadt und Auschwitz in diesen Bildern, sie sah sich als Auserwählte, die sich opferte, um die Mutter zu retten. Erst viele Jahre nach ihrer Rettung fand sie Worte, um dies zu erzählen und zu reflektieren. Als Cordelia Edvardson schrieb sie *Gebranntes Kind sucht das Feuer*. (dt. Übersetzung aus dem Schwedischen 1986) Nach Auschwitz weiterleben zu können, hieß auch, sich zu lösen und zu befreien aus der mythisch-religiösen Gedankenwelt der Mutter. Indem sie den Mythos überwindet und hinter sich lassen kann, gibt sie der Humanisierung und der Vernunft, ganz im Sinne der Aufklärung, eine zukunftsweisende Perspektive.

Karlheinz Müller

Vorsitzender der Elisabeth-Langgässer-Gesellschaft e.V. Darmstadt

Glossar

Alraune	Bezeichnung für die Wurzel der Mandragora, eines Nachtschattengewächses; galt seit der Antike als Heil- und Zaubermittel sowie als Aphrodisiakum
Ambrosia	griech. „Unsterblichkeitsspeise“, mit Nektar Speise und Trank der olympischen Götter, die die Unsterblichkeit bewirkt bzw. erhält
Apollo	Gott der Jugend, der Musik, der Weissagung, des Bogenschießens und der Heilkunst; Sohn des Zeus und der Titanin Leto, seine Zwillingsschwester ist Artemis Besonders seit Nietzsche ist der Gegensatz zwischen Apollo und Dionysos geläufig: Apollo steht für Klarheit, Licht, Wissenschaft und Kunst, Dionysos für das Rauschhafte und Ekstatische
Arachne	griech. „Spinne“; weil sie sich rühmte, sie könne sich mit ihrer Webkunst mit Athene, der Göttin des Handwerks, messen, wurde sie von dieser in eine Spinne verwandelt (s. auch Langgässers Gedicht „Arachne“)
Arion	griech. Dichter und Sänger des 7. Jh. v. Chr., galt als der größte Sänger der Welt; bekannt war die Legende um seine Rettung vor dem Ertrinken durch Delphine, nachdem er ein Preislied auf Apollo gesungen hatte
Ceres	röm. Göttin des Ackerbaus und Erdmutter, griech. Demeter, Mutter der Proserpina bzw. griech. Persephone
Daniel u. babylonisches Tier	Prophet Daniel; in den Apokryphen zum AT die Stücke „Von dem Bel zu Babel“ und „Vom Drachen zu Babel“ sind hier gemeint

Daphne Nymphe, deren Name griech. „Lorbeer“ bedeutet; auf der Flucht vor dem zu ihr in Liebe entbrannten Apollo wurde sie zur Rettung in einen Lorbeerbaum verwandelt

(s. auch Langgässers Gedicht „Daphne an der Sonnenwende“)

Dionysos griech. Gott des Weines und des Rausches, sein Beiname ist Bakchos, woraus der lat. Name Bacchus entstand

Dioskuren griech. die „Söhne des Zeus“ Kastor und Pollux; ihre Mutter war Leda, der sich Zeus als Schwan näherte

Dryaden gehören zu den weiblichen Gottheiten der Nymphen, die in einem bestimmten Platz, Objekt oder Naturphänomen wohnen; Dryaden wohnen in Bäumen, im Namen steckt griech. „Baum“

Eleusisches Fest Eleusis war eine Stadt in der Nähe von Korinth und wurde der wichtigste Mittelpunkt des Demeter-Kultes; in der antiken Welt war Eleusis als Stätte der eleusischen Mysterien allbekannt

Eurydike Nymphe, die den Sänger Orpheus heiratete und kurz darauf an einem Schlangenbiss starb

Orpheus erhielt die Erlaubnis, sie aus dem Hades zurückzuholen unter der Bedingung, dass er sie auf dem Weg nicht anschaue; weil er sich nicht beherrschen konnte, verlor er sie auf immer

EVOË oder euoe, euhoe, Jubelruf („juchhe!“) der Bacchantinnen bzw. Mänaden

Faun griech. Satyr, Waldgeister in Menschengestalt mit Tierattributen wie Pferdeschwänzen,

	Hörnern und Bocksfüßen; gehören zum Gefolge des Dionysos
Granatapfel	galt schon in der Antike als Fruchtbarkeitssymbol und war beispielsweise Demeter, Aphrodite und Hera geweiht; wegen der leuchtendroten Farbe seines Fruchtfleisches war er auch ein Symbol für Leben und Tod
Hades	griech. Gott der Unterwelt, lat. Pluto; Hades bezeichnet auch den Aufenthaltsort der Toten
Hekate	griech. Göttin der Unterwelt, galt als Schutzpatronin der Zauberinnen und erschien bei Nacht als furchterregende Göttin in Begleitung von Höllenhunden
Helios	griech. „Sonne", der Sonnengott, lat. Sol
Hydra	Ungeheuer mit vielen Köpfen, die nachwuchsen, von Herakles getötet
Jo	lat., griech. Io, Tochter eines Flussgottes, die von Zeus verfolgt und in eine weiße Kuh verwandelt wurde und lange Irrwege zu erdulden hatte
Jupiter	lat. Bezeichnung für den griech. Göttervater Zeus
Kore	griech. „Mädchen", Beiname der Persephone
Lazerte	lat. „Eidechse"; wegen ihrer Neigung zur Sonne steht sie in enger Beziehung zur Licht- und Sonnensymbolik, erscheint auch häufig als Sinnbild der Seele, die das Licht (Gott, jenseitiges Leben) sucht; oft auf antiken Grabmälern und Aschenurnen dargestellt
Leda	Mutter der Dioskuren Kastor und Pollux
Lemuren	nächtliche Geister bei den Römern, vor allem im Hause gefürchtete Totengeister

Mänaden wie die Satyrn stets Begleiterinnen des Dionysos, die in orgiastischen Umzügen Tiere zerrissen

Medusa griech. eines der drei Ungeheuer mit Schlangenhaaren, die als Gorgonen bekannt waren; durch ihren Anblick wurden Menschen versteinert

Melusine aus französischer Sage stammende Nixe, als Frau eines Menschen

ORA lat. „bete!“

Orphischer Hirte Apollo lehrte Orpheus das Spiel auf der Lyra, sein Spiel und Gesang bezauberte wilde Tiere, so dass sie seinem Willen folgten

Pan griech. Hirtengott, der auf den Bergen lebte, mit den Nymphen tanzte, sang und auf der Syrinx spielte; verehrte und gefürchtete Naturgottheit

Pardel große Raubkatze, Leopard

Penaten röm. Schutzgötter des häuslichen Wohlstandes, eigentlich der Vorratskammer (lat. penus)

Pluto lat. Bezeichnung für Hades

Pomona röm. Göttin der Baumfrüchte

Portikus lat. porticus, Säulenhalle als Vorbau an der Haupteingangsseite eines Gebäudes

Proserpina lat. Name der griech. Persephone

Rotte Korah in 4. Mose 16 fand Korah Gesinnungsgenossen, um sich gegen die Vorrangsstellung von Moses und Aaron aufzulehnen; zur Strafe wurde sie von der Erde verschlungen

Silvane röm. Waldgottheiten, die Ähnlichkeiten mit den Faunen haben

Sibyllen	geht zurück auf die Prophetin Sibylle, die in der Nähe von Troja lebte, ähnelt der delphischen Pythia Der römische Autor Varro zählte zehn Sibyllen auf, von denen die von Cumae die bekannteste war
Syrinx	griech. „Schilfrohr“, Name einer Nymphe, die auf der Flucht vor Pan an einem Fluss, den sie nicht überqueren konnte, in Schilfrohr verwandelt wurde; Pan verfertigte hieraus die erste Pansflöte, eine Syrinx
Tritonen	Triton war ein Sohn des Poseidon, der Meere und Flüsse beruhigte, indem er auf einem Muschelhorn blies; später degenerierte er zu Meeresungeheuern
Zeus	griech. Herrscher über die olympischen Götter, lat. Jupiter